ражает се

то прислал в наш адрес советы и

произведений для издания в серии

я сотрудничества и ждём ваших

аний.

Александр Волков

Волшебник изумрудного

города

Художник

Олег Горбушин

Москва 2019

УРАГАН

Среди обширной канзасской степи жила девочка Элли. Её отец, фермер Джон, целый день работал в поле, мать Анна хлопотала по хозяйству. Жили они в небольшом фургоне, снятом с колёс и поставленном на землю.

Обстановка домика была бедна: железная печка, шкаф, стол, три стула и две кровати. Рядом с домом, у самой двери, был выкопан «ураганный погреб». В погребе семья отсиживалась во время бурь.

Степные ураганы не раз уже опрокидывали лёгонькое жилище фермера Джона. Но Джон не унывал: когда утихал ветер, он поднимал домик, печка и кровати ставились на место, Элли собирала с пола оловянные тарелки и кружки — и всё было в порядке до нового урагана.

До самого горизонта расстилалась ровная, как скатерть, степь. Кое-где виднелись такие же бедные домики, как и домик Джона. Вокруг них были пашни, где фермеры сеяли пшеницу и кукурузу.

Элли хорошо знала всех соседей на три мили кругом. На западе проживал дядя Роберт с сыновьями

Бобом и Диком. В домике на севере жил старый Рольф. Он делал детям чудесные ветряные мельницы.

Широкая степь не казалась Элли унылой: ведь это была её родина. Элли не знала никаких других мест. Горы и леса она видела только на картинках, и они не манили её, быть может, потому, что в дешёвых Эллиных книжках были нарисованы плохо.

Когда Элли становилось скучно, она звала весёлого пёсика Тотошку и отправлялась навестить Дика и Боба или шла к дедушке Рольфу, от которого никогда не возвращалась без самодельной игрушки.

Тотошка с лаем прыгал по степи, гонялся за воронами и был бесконечно доволен собой и своей маленькой хозяйкой. У Тотошки была чёрная шерсть, остренькие ушки и маленькие, забавно блестевшие глазки. Тотошка никогда не скучал и мог играть с девочкой целый день.

У Элли было много забот. Она помогала матери по хозяйству, а отец учил её читать, писать и считать, потому что школа находилась далеко, а девочка была ещё слишком мала, чтобы ходить туда каждый день.

Однажды летним вечером Элли сидела на крыльце и читала вслух сказку. Анна стирала бельё.

— «И тогда сильный, могучий богатырь Арнаульф увидел волшебника ростом с башню,— нараспев читала Элли, водя пальцем по строкам.— Изо рта волшебника вылетал огонь...» Мамочка,— спросила Элли, отрываясь от книги,— а теперь волшебники есть?

— Нет, моя дорогая. Жили волшебники в прежние времена, а потом перевелись. Да и к чему они? И без них хлопот довольно...

Элли смешно наморщила нос:

— А всё-таки без волшебников скучно. Если бы я вдруг сделалась королевой, то обязательно приказала бы, чтобы в каждом городе и в каждой деревне был волшебник. И чтобы он совершал для детей всякие чудеса.

— Какие же, например? — улыбаясь, спросила мать.

— Ну какие... Вот чтобы каждая девочка и каждый мальчик, просыпаясь утром, находили под подушкой большой сладкий пряник... Или...— Элли грустно посмотрела на свои грубые поношенные башмаки.— Или чтобы у всех детей были лёгкие туфельки...

— Туфельки ты и без волшебника получишь,— возразила Анна.— Поедешь с папой на ярмарку, он и купит...

Пока девочка разговаривала с матерью, погода начала портиться.

* * *

Как раз в это самое время в далёкой стране, за высокими горами, колдовала в угрюмой глубокой пещере злая волшебница Гингема.

Страшно было в пещере Гингемы. Там под потолком висело чучело огромного крокодила. На высоких шестах сидели большие филины, с потолка свешивались связки сушёных мышей, привязанных к верёвочкам за хвостики, как луковки. Длинная толстая змея обвилась вокруг столба и равномерно качала плоской головой. И много ещё всяких жутких вещей было в пещере Гингемы.

В большом закопчённом котле Гингема варила волшебное зелье.

Она бросала в котёл мышей, отрывая одну за другой от связки.

— Куда это подевались змеиные головы? — злобно ворчала Гингема.— Не всё же я съела за завтраком!.. А, вот они, в зелёном горшке! Ну, теперь зелье выйдет на славу!.. Достанется же этим проклятым людям! Ненавижу я их... Расселились по свету! Осушили болота! Вырубили чащи!.. Всех лягушек вывели!.. Змей уничтожают! Ничего вкусного на земле не осталось!

Гингема погрозила в пространство костлявым, иссохшим кулаком и стала бросать в котёл змеиные головы.

— Ух, ненавистные люди! Вот и готово моё зелье на погибель вам! Окроплю леса и поля, и поднимется буря, какой ещё на свете не бывало!

Гингема подхватила котёл за ушки и с усилием вытащила его из пещеры. Она опустила в котёл большое помело и стала расплёскивать вокруг своё варево.

— Разразись, ураган! Лети по свету, как бешеный зверь! Рви, ломай, круши! Опрокидывай дома, поднимай на воздух! Сусака́, масака́, лэма́, рэма́, гэма́... Буридо́, фуридо́, сэма́, пэма́, фэма́...

Она выкрикивала волшебные слова и брызгала вокруг растрёпанным помелом, и небо омрачалось, собирались тучи.

— Круши, рви, ломай! — дико вопила колдунья.— Сусака́, масака́, буридо́, фуридо́! Уничтожай, ураган, людей, животных, птиц! Только лягушечек, мышек, змеек, паучков не трогай, ураган! Пусть они по всему свету размножатся на радость мне, могучей волшебнице Гингеме! Буридо́, фуридо́, сусака́, масака́!

И вихрь завывал всё сильней и сильней, сверкали молнии, оглушительно грохотал гром.

Гингема в диком восторге кружилась на месте, и ветер развевал полы её длинной чёрной мантии...

* * *

Вызванный волшебством Гингемы ураган донёсся до Канзаса и с каждой минутой приближался к домику Джона. Вдали у горизонта сгущались тучи, среди них поблёскивали молнии.

Тотошка беспокойно бегал, задрав голову, и задорно лаял на тучи, которые быстро мчались по небу.

— Ой, Тотошка, какой ты смешной! — сказала Элли.— Пугаешь тучи, а ведь сам трусишь!

Пёсик и в самом деле очень боялся гроз. Он их уже немало видел за свою недолгую жизнь.

Анна забеспокоилась:

— Заболталась я с тобой, дочка, а ведь, смотри-ка, надвигается самый настоящий ураган...

Вот уже ясно стал слышен грозный гул ветра. Пшеница на поле прилегла к земле, и по ней, как по реке, покатились волны. Прибежал с поля взволнованный фермер Джон.

— Буря, идёт страшная буря! — закричал он.— Прячьтесь скорее в погреб, а я побегу загоню скот в сарай!

Анна бросилась к погребу, откинула крышку.

— Элли, Элли! Скорей сюда! — кричала она.

Но Тотошка, перепуганный рёвом бури с беспрестанными раскатами грома, убежал в домик и спрятался там под кровать, в самый дальний угол. Элли не хотела оставлять своего любимца одного и бросилась за ним в фургон.

И в это время случилась удивительная вещь.

Домик повернулся два или три раза, как карусель. Он оказался в самой середине урагана. Вихрь закружил его, поднял вверх и понёс по воздуху.

В двери фургона показалась испуганная Элли с Тотошкой на руках. Что делать? Спрыгнуть на землю?

Но было уже поздно: домик летел высоко над землёй...

Ветер трепал волосы Анны. Она стояла возле погреба, протягивала вверх руки и отчаянно кричала. Прибежал из сарая фермер Джон и в отчаянии бросился к тому месту, где стоял фургон. Осиротевшие отец и мать долго смотрели в тёмное небо, поминутно освещаемое блеском молний...

Ураган всё бушевал, и домик, покачиваясь, нёсся по воздуху. Тотошка, недовольный тем, что творилось вокруг, бегал по тёмной комнате с испуганным лаем. Элли, растерянная, сидела на полу, схватившись руками за голову. Она чувствовала себя очень одинокой. Ветер гудел так, что оглушал её. Ей казалось, что домик вот-вот упадёт и разобьётся. Но время шло, а домик всё ещё летел. Элли вскарабкалась на кровать и легла, прижав к себе Тотошку. Под гул ветра, плавно качавшего домик, Элли крепко заснула.

Часть первая

ДОРОГА ИЗ ЖЁЛТОГО КИРПИЧА

ЭЛЛИ В УДИВИТЕЛЬНОЙ СТРАНЕ ЖЕВУНОВ

Элли проснулась оттого, что пёсик лизал её лицо горячим мокрым язычком и скулил. Сначала ей показалось, что она видела удивительный сон, и Элли уже собиралась рассказать о нём матери. Но, увидев опрокинутые стулья, валявшуюся в углу печку, Элли поняла, что всё было наяву. Девочка спрыгнула с постели. Домик не двигался. Солнце ярко светило в окно. Элли подбежала к двери, распахнула её и вскрикнула от удивления.

Ураган занёс домик в страну необычайной красоты: вокруг расстилалась зелёная лужайка, по краям её росли деревья со спелыми, сочными плодами; на полянках виднелись клумбы красивых розовых, белых и голубых цветов. В воздухе порхали крошечные птицы, сверкавшие своим ярким оперением. На ветках деревьев сидели золотисто-зелёные и красногрудые попугаи и кричали высокими странными голосами. Невдалеке журчал прозрачный поток, в воде резвились серебристые рыбки.

Пока девочка нерешительно стояла на пороге, из-за деревьев появились самые забавные и милые человечки, каких только можно вообразить. Мужчины, одетые в голубые бархатные кафтаны и узкие панталоны, ростом были не выше Элли; на ногах у них блестели голубые ботфорты с отворотами. Но больше всего Элли понравились остроконечные шляпы: их верхушки украшали хрустальные шарики, а под широкими полями нежно звенели маленькие бубенчики.

Старая женщина в белой мантии важно выступала впереди троих мужчин; на остроконечной шляпе её и на мантии сверкали крошечные звёздочки. Седые волосы старушки падали на плечи.

Вдали, за плодовыми деревьями, виднелась целая толпа маленьких мужчин и женщин; они стояли, перешёптываясь и переглядываясь, но не решались подойти ближе.

Подойдя к девочке, эти робкие маленькие люди приветливо и несколько боязливо улыбнулись Элли, но старушка смотрела на неё с явным недоумением. Трое мужчин дружно двинулись вперёд и разом сняли шляпы. «Дзинь-дзинь-дзинь!» — прозвенели бубенчики. Элли заметила, что челюсти маленьких мужчин беспрестанно двигались, как будто что-то пережёвывая.

Старушка обратилась к Элли:

— Скажи мне, как ты очутилась в стране Жевунов, милое дитя?

— Меня принёс сюда ураган в этом домике,— робко ответила Элли.

— Странно, очень странно! — покачала головой старушка.— Сейчас ты поймёшь моё недоумение. Дело было так. Я узнала, что злая волшебница Гингема выжила из ума и захотела погубить человеческий род и населить землю крысами и змеями. И мне пришлось употребить всё моё волшебное искусство...

— Как, сударыня! — со страхом воскликнула Элли.— Вы волшебница? А как же мама говорила мне, что теперь нет волшебников?

— Где живёт твоя мама?

— В Канзасе.

— Никогда не слыхала такого названия,— сказала волшебница, поджав губы.— Но что бы ни говорила твоя мама, в этой стране живут волшебники и мудрецы. Нас здесь было четыре волшебницы. Две из нас — волшебница Жёлтой страны (это я, Виллина!) и волшебница Розовой страны Стелла — добрые. А волшебница Голубой страны Гингема и волшебница Фиолетовой страны Бастинда — очень злые. Твой домик раздавил Гингему, и теперь осталась только одна злая волшебница.

Элли была изумлена. Как могла уничтожить злую волшебницу она, маленькая девочка, не убившая в своей жизни даже воробья?!

Элли сказала:

— Вы, конечно, ошибаетесь: я никого не убивала.

— Я тебя в этом и не виню,— спокойно возразила волшебница Виллина.— Ведь это я, чтобы спасти людей от беды, лишила ураган разрушительной силы и позволила ему захватить только один домик, чтобы сбросить его на голову коварной Гингемы, потому что вычитала в моей волшебной книге, что он всегда пустует в бурю...

Элли смущённо ответила:

— Это правда, сударыня, во время ураганов мы прячемся в погреб, но я побежала в домик за моей собачкой...

— Такого безрассудного поступка моя волшебная книга никак не могла предвидеть! — огорчилась волшебница Виллина.— Значит, во всём виноват этот маленький зверь...

— Тотошка, ав-ав, с вашего позволения, сударыня! — неожиданно вмешался в разговор пёсик.— Да, с грустью признаюсь, это я во всём виноват...

— Как, ты заговорил, Тотошка?! — с удивлением вскричала Элли.

— Не знаю, как это получается, Элли, но, ав-ав, из моего рта невольно вылетают человеческие слова...

— Видишь ли, Элли,— объяснила Виллина,— в этой чудесной стране разговаривают не только люди, но и все животные и даже птицы. Посмотри вокруг, нравится тебе наша страна?

— Она недурна, сударыня,— ответила Элли,— но у нас дома лучше. Посмотрели бы вы на наш скотный двор! Посмотрели бы вы на нашу Пестрянку, сударыня! Нет, я хочу вернуться на родину, к маме и папе...

— Вряд ли это возможно,— сказала волшебница.— Наша страна отделена от всего света пустыней и огромными горами, через которые не переходил ни один человек. Боюсь, моя крошка, что тебе придётся остаться с нами.

Глаза Элли наполнились слезами. Добрые Жевуны очень огорчились и тоже заплакали, утирая слёзы голубыми носовыми платочками. Жевуны сняли шляпы и поставили их на землю, чтобы бубенчики своим звоном не мешали им рыдать.

— А вы совсем-совсем не поможете мне? — грустно спросила Элли.

— Ах, да,— спохватилась Виллина,— я совсем забыла, что моя волшебная книга при мне. Надо посмотреть в неё: может быть, я там что-нибудь вычитаю полезное для тебя...

Виллина вынула из складок одежды крошечную книжку, величиной с напёрсток. Волшебница подула на неё, и на глазах удивлённой и немного испуганной Элли книга начала расти, расти и превратилась в громадный том. Он был так тяжёл, что старушка положила его на большой камень.

Виллина смотрела на листы книги, и они сами переворачивались под её взглядом.

— Нашла, нашла! — воскликнула вдруг волшебница и начала медленно читать: — «Бамбара, чуфара, скорики, морики, турабо, фурабо, лорики, ёрики...

Великий Волшебник Гудвин вернёт домой маленькую девочку, занесённую в его страну ураганом, если она поможет трём существам добиться исполнения их самых заветных желаний, пикапу, трикапу, ботало, мотало...»

— Пикапу́, трикапу́, бо́тало, мо́тало...— в священном ужасе повторили Жевуны.

— А кто такой Гудвин? — спросила Элли.

— О, это самый великий мудрец нашей страны,— прошептала старушка.— Он могущественнее всех нас и живёт в Изумрудном городе.

— А он злой или добрый?

— Этого никто не знает. Но ты не бойся, разыщи три существа, исполни их заветные желания, и Волшебник Изумрудного города поможет тебе вернуться в твою страну!

— Где Изумрудный город? — спросила Элли.

— Он в центре страны. Великий Мудрец и Волшебник Гудвин сам построил его и управляет им. Но он окружил себя необычайной таинственностью, и никто не видал его после постройки города, а она закончилась много-много лет назад.

— Как же я дойду до Изумрудного города?

— Дорога далека. Не везде страна хороша, как здесь. Есть тёмные леса со страшными зверями, есть быстрые реки — переправа через них опасна...

— Не пойдёте ли вы со мной? — спросила девочка.

— Нет, дитя моё,— ответила Виллина.— Я не могу надолго покидать Жёлтую страну. Ты должна идти одна. Дорога в Изумрудный город вымощена жёлтым кирпичом, и ты не заблудишься. Когда придёшь к Гудвину, проси у него помощи...

— А долго мне придётся здесь прожить, сударыня? — спросила Элли, опустив голову.

— Не знаю,— ответила Виллина.— Об этом ничего не сказано в моей волшебной книге. Иди, ищи, борись! Я буду время от времени заглядывать в волшебную книгу, чтобы знать, как идут твои дела... Прощай, моя дорогая!

Виллина наклонилась к огромной книге, и та тотчас сжалась.

— Могущественная госпожа Элли! — заговорил старшина.— Хочешь стать нашей повелительницей вместо Гингемы? Мы уверены, что ты очень добра и не слишком часто станешь нас наказывать!..

— Нет,— возразила Элли,— я только маленькая девочка и не гожусь в правительницы страны. Если вы хотите помочь мне, дайте возможность исполнить ваши заветные желания!

— У нас было единственное желание — избавиться от злой Гингемы, пикапу́, трикапу́! Но твой домик — крак! крак! — раздавил её, и у нас больше нет желаний!..— сказал старшина.

— Тогда мне нечего здесь делать. Я пойду искать тех, у кого есть желания. Только вот башмаки у меня уж очень старые и рваные, они не выдержат долгого пути. Правда, Тотошка? — обратилась Элли к пёсику.

— Конечно, не выдержат,— согласился Тотошка.— Но ты не горюй, Элли, я тут неподалёку видел кое-что и помогу тебе!

— Ты? — удивилась девочка.

— Да, я! — с гордостью ответил Тотошка и исчез за деревьями. Через минуту он вернулся с красивым серебряным башмачком в зубах и торжественно положил его у ног Элли. На башмачке блестела золотая пряжка.

— Откуда ты его взял? — изумилась Элли.

— Сейчас расскажу! — отвечал запыхавшийся пёсик, скрылся и вновь вернулся с другим башмачком.

— Какая прелесть! — восхищённо сказала Элли и примерила башмачки; они как раз пришлись ей по ноге, точно были на неё сшиты.

— Когда я бегал на разведку,— важно начал Тотошка,— я увидел за деревьями большое чёрное отверстие в горе...

— Ай-ай-ай! — в ужасе закричали Жевуны.— Ведь это вход в пещеру злой волшебницы Гингемы! И ты осмелился туда войти?..

— А что тут страшного? Ведь Гингема-то умерла! — возразил Тотошка.

— Ты, должно быть, тоже волшебник! — со страхом молвил старшина; все другие Жевуны согласно закивали головами, и бубенчики под шляпами дружно зазвенели.

— Вот там-то, войдя в эту, как вы её называете, пещеру, я увидел много смешных и странных вещей, но больше всего мне понравились стоящие у входа башмачки. Какие-то большие птицы со страшными жёлтыми глазами пытались помешать мне взять башмачки, но разве Тотошка испугается чего-нибудь, когда он хочет услужить своей Элли?

— Ах ты мой милый смельчак! — воскликнула Элли и нежно прижала пёсика к груди.— В этих башмачках я пройду без устали сколько угодно...

— Это очень хорошо, что ты получила башмачки злой Гингемы,— перебил её старший Жевун.— Кажется, в них заключена волшебная сила, потому что Гингема надевала их только в самых важных случаях. Но какая это сила, мы не знаем... И ты всё-таки уходишь от нас, милостивая госпожа Элли? — со вздохом спросил старшина.— Тогда мы принесём тебе пищи на дорогу...

Жевуны ушли, и Элли осталась одна. Она нашла в домике кусок хлеба и съела его на берегу ручья, запивая прозрачной холодной водой. Затем она стала собираться в далёкий путь, а Тотошка бегал под деревом и старался схватить сидящего на нижней ветке крикливого пёстрого попугая, который всё время дразнил его.

Элли вышла из фургона, заботливо закрыла дверь и написала на ней мелом: «Меня нет дома».

Тем временем вернулись Жевуны. Они натащили столько еды, что Элли хватило бы её на несколько лет. Здесь были бараны, жареные гуси и утки, корзина с фруктами...

Элли со смехом сказала:

— Ну куда мне столько, друзья мои?

Она положила в корзину немного хлеба и фруктов, попрощалась с Жевунами и смело отправилась в путь с весёлым Тотошкой.

* * *

Неподалёку от домика было перепутье: здесь расходилось несколько дорог. Элли выбрала дорогу, вымощенную жёлтым кирпичом, и бодро зашагала по ней. Солнце сияло, птички пели, и маленькая девочка, заброшенная в удивительную чужую страну, чувствовала себя совсем неплохо.

Дорога была огорожена с обеих сторон красивыми голубыми изгородями, за которыми начинались возделанные поля. Кое-где виднелись круглые домики. Крыши их были похожи на остроконечные шляпы Жевунов. На крышах сверкали хрустальные шарики. Домики были выкрашены в голубой цвет.

На полях работали маленькие мужчины и женщины; они снимали шляпы и приветливо кланялись Элли. Ведь теперь каждый Жевун знал, что девочка в серебряных башмачках освободила их страну от злой волшебницы, опустив свой домик — крак! крак! — прямо ей на голову.

Все Жевуны, которых встречала Элли на пути, с боязливым удивлением смотрели на Тотошку и, слыша его лай, затыкали уши. Когда же весёлый пёсик подбегал к кому-нибудь из Жевунов, тот удирал от него во весь дух: в стране Гудвина совсем не было собак.

К вечеру, когда Элли проголодалась и подумывала, где провести ночь, она увидела у дороги большой дом. На лужайке перед домом плясали маленькие мужчины и женщины. Музыканты усердно играли на маленьких скрипках и флейтах. Тут же резвились дети, такие крошечные, что Элли глаза раскрыла от изумления: они походили на кукол. На террасе были расставлены длинные столы с вазами, полными фруктов, орехов, конфет, вкусных пирогов и больших тортов.

Завидев Элли, из толпы танцующих вышел красивый высокий старик (он был на целый палец выше Элли!) и с поклоном сказал:

— Я и мои друзья празднуем сегодня освобождение нашей страны от злой волшебницы. Осмелюсь ли просить могущественную Фею Убивающего Домика принять участие в нашем пире?

— Почему вы думаете, что я фея? — спросила Элли.

— Ты раздавила злую волшебницу Гингему — крак! крак! — как пустую яичную скорлупу; на тебе её волшебные башмаки; с тобой удивительный зверь, какого мы никогда не видали, и, по рассказам наших друзей, он тоже одарён волшебной силой...

На это Элли не сумела ничего возразить и пошла за стариком, которого звали Прем Кокус. Её встретили как королеву, и бубенчики непрестанно звенели, и были бесконечные танцы, и было съедено великое множество пирожных и выпито бесчисленное количество прохладительного, и весь вечер прошёл так весело и приятно, что Элли вспомнила о папе и маме, только засыпая в постели.

Утром, после сытного завтрака, она спросила Кокуса:

— Далеко ли отсюда до Изумрудного города?

— Не знаю,— задумчиво ответил старик.— Я никогда не бывал там. Лучше держаться подальше от Великого Гудвина, особенно если не имеешь к нему важного дела. Да и дорога до Изумрудного города длинная и трудная. Тебе придётся переходить через тёмные леса и переправляться через быстрые глубокие реки.

Элли немного огорчилась, но она знала, что только Великий Гудвин вернёт её в Канзас, и поэтому распрощалась с друзьями и снова отправилась в путь по дороге, вымощенной жёлтым кирпичом.

СТРАШИЛА

Элли шла уже несколько часов и устала. Она присела отдохнуть у голубой изгороди, за которой расстилалось поле спелой пшеницы.

Около изгороди стоял длинный шест, на нём торчало соломенное чучело — отгонять птиц. Голова чучела была сделана из мешочка, набитого соломой, с нарисованными на нём глазами и ртом, так что получалось смешное человеческое лицо. Чучело было одето в поношенный голубой кафтан; кое-где из прорех кафтана торчала солома. На голове была старая, потёртая шляпа, с которой были срезаны бубенчики, на ногах — старые голубые ботфорты, какие носили мужчины в этой стране.

Чучело имело забавный и вместе с тем добродушный вид.

Элли внимательно разглядывала смешное разрисованное лицо чучела и удивилась, увидев, что оно вдруг подмигнуло ей правым глазом. Она решила, что ей почудилось: ведь чучела никогда не мигают в Канзасе. Но фигура закивала головой с самым дружеским видом.

В большом закопчённом котле Гингема варила волшебное зелье.

Она бросала в котёл мышей, отрывая одну за другой от связки.

Элли наклонила кол и, вцепившись обеими руками в чучело, стащила его.

— Чрезвычайно признателен! — пропыхтело чучело, очутившись на земле.

Элли испугалась, а храбрый Тотошка с лаем набросился на изгородь, за которой был шест с чучелом.

— Добрый день! — сказало чучело немного хриплым голосом.

— Ты умеешь говорить? — удивилась Элли.

— Научился, когда ссорился тут с одной вороной. Как ты поживаешь?

— Спасибо, хорошо! Скажи, нет ли у тебя заветного желания?

— У меня? О, у меня целая куча желаний! — И чучело скороговоркой начало перечислять: — Во-первых, мне нужны серебряные бубенчики на шляпу; во-вторых, мне нужны новые сапоги; в-третьих...

— О, хватит, хватит! — перебила Элли.— Какое из них самое-самое заветное?

— Самое-самое? — Чучело немного подумало.— Сними меня отсюда. Очень скучно торчать здесь день и ночь и пугать противных ворон, которые, кстати сказать, совсем меня не боятся!

— Разве ты не можешь сойти сам?

— Нет, в меня сзади воткнули кол. Если бы ты вытащила его из меня, я был бы тебе очень благодарен.

Элли наклонила кол и, вцепившись обеими руками в чучело, стащила его.

— Чрезвычайно признателен! — пропыхтело чучело, очутившись на земле.— Я чувствую себя прямо новым человеком. Если бы ещё получить серебряные бубенчики на шляпу да новые сапоги!

Чучело заботливо расправило кафтан, стряхнуло с себя соломинки и, шаркнув ножкой по земле, представилось девочке:

— Страшила!

— Что ты говоришь? — не поняла Элли.

— Я говорю: Страшила. Это меня так назвали: ведь я должен пугать ворон. А тебя как зовут?

— Элли.

— Красивое имя! — сказал Страшила.

Элли смотрела на него с удивлением. Она не могла понять, как чучело, набитое соломой и с нарисованным лицом, ходит и говорит.

Но тут возмутился Тотошка и с негодованием воскликнул:

— А почему ты со мной не здороваешься?

— Ах, виноват, виноват! — извинился Страшила и крепко пожал пёсику лапу.— Честь имею представиться: Страшила!

— Очень приятно! А я Тото́! Но близким друзьям позволительно звать меня Тотошкой!

— Ах, Страшила, как я рада, что исполнила самое заветное твоё желание! — сказала Элли.

— Извини, Элли,— Страшила снова шаркнул ножкой,— но я, оказывается, ошибся. Моё самое заветное желание — получить мозги!

— Мозги?

— Ну да, мозги. Очень неприятно, когда голова у тебя набита соломой...

— Как же тебе не стыдно обманывать? — с упрёком спросила Элли.

— А что значит — обманывать? Меня сделали только вчера, и я ничего не знаю...

— Откуда же ты узнал, что у тебя в голове солома, а у людей — мозги?

— Это мне сказала одна ворона, когда я с ней ссорился. Дело, видишь ли, Элли, было так. Сегодня утром поблизости от меня летала большая взъерошенная ворона и не столько клевала пшеницу, сколько выбивала из неё на землю зёрна. Потом она нахально уселась на моё плечо и клюнула меня в щёку. «Кагги-карр! — насмешливо прокричала ворона.— Вот так чучело! Толку-то от него ничуть! Какой это чудак-фермер думал, что мы, вороны, будем его бояться?..»

Ты понимаешь, Элли, я страшно рассердился и изо всех сил пытался заговорить. И какова была моя радость, когда это мне удалось. Но, понятно, у меня сначала выходило не очень складно. «Пш... пш... пшла прочь, гадкая! — закричал я.— Не... не... не смей клевать меня! Я прт... шрт... я страшный!» Я даже сумел ловко сбросить ворону с плеча, схватив её за крыло рукой. Ворона, впрочем, ничуть не смутилась и принялась нагло клевать колосья прямо передо мной. «Эка, удивил! — сказала она.— Точно я не знаю, что в стране Гудвина и чучело сможет заговорить, если сильно захочет! А всё равно я тебя не боюсь! С шеста ведь ты не слезешь!» — «Пшш... пшш... Пшла! Ах я несчастный! — чуть не зарыдал я.— И правда, куда я годен? Даже поля от ворон уберечь не могу».

При всём своём нахальстве та ворона была, по-видимому, добрая птица,— продолжал Страшила.— Ей стало меня жаль. «А ты не печалься так! — хрипло сказала она мне.— Если бы у тебя были мозги в голове, ты был бы как все люди! Мозги — единственная стоящая вещь у вороны... и у человека!» Вот так-то я и узнал, что у людей бывают мозги, а у меня их нет. Я весело закричал: «Эй-гей-гей-го! Да здравствуют мозги! Я себе обязательно их раздобуду!..» Но ворона очень капризная птица, и она сразу охладила мою радость. «Кагги-карр!..— захохотала она.— Коли нет мозгов, так и не будет! Карр-карр!..» И она улетела, а вскоре пришли вы с Тотошкой,— закончил Страшила свой рассказ.— Вот теперь, Элли, скажи: можешь ты дать мне мозги?

— Нет, что ты! Это может сделать разве только Гудвин в Изумрудном городе. Я как раз сама иду к нему просить, чтобы он вернул меня в Канзас, к папе и маме.

— А где этот Изумрудный город и кто такой Гудвин?

— Разве ты не знаешь?

— Нет,— печально ответил Страшила.— Я ничего не знаю. Ты же видишь, я набит соломой, и у меня совсем нет мозгов.

— Ох, как мне тебя жалко! — вздохнула девочка.

— Спасибо! А если я пойду с тобой в Изумрудный город, Гудвин обязательно даст мне мозги?

— Не знаю. Но если Великий Гудвин и не даст тебе мозгов, хуже не будет, чем теперь.

— Это верно,— сказал Страшила.— Видишь ли,— доверчиво продолжал он,— меня нельзя ранить, так как я набит соломой. Ты можешь насквозь проткнуть меня иглой, и мне не будет больно. Но я не хочу, чтобы люди называли меня глупцом, а разве без мозгов чему-нибудь научишься?

— Бедный! — сказала Элли.— Пойдём с нами! Я попрошу Гудвина помочь тебе.

— Спасибо! — ответил Страшила и снова раскланялся.

Право, для чучела, прожившего на свете один только день, он был удивительно вежлив.

Девочка помогла Страшиле сделать первые два шага, и они вместе пошли в Изумрудный город по дороге, вымощенной жёлтым кирпичом.

Сначала Тотошке не нравился новый спутник. Он бегал вокруг чучела и обнюхивал его, считая, что в соломе внутри кафтана есть мышиное гнездо. Он недружелюбно лаял на Страшилу и делал вид, что хочет его укусить.

— Не бойся Тотошки,— сказала Элли,— он не укусит.

— Да я и не боюсь! Разве можно укусить солому? Дай я понесу твою корзину. Мне это нетрудно: я ведь не могу уставать. Скажу тебе по секрету,— прошептал он на ухо девочке своим хрипловатым голосом,— есть только одна вещь на свете, которой я боюсь.

— О! — воскликнула Элли.— Что же это такое? Мышь?

— Нет! Горящая спичка!

* * *

Через несколько часов дорога стала неровной; Страшила часто спотыкался. Попадались ямы. Тотошка перепрыгивал через них, а Элли обходила кругом. Но Страшила шёл прямо, падал и растягивался во всю длину. Он не ушибался. Элли брала его за руку, поднимала, и Страшила шагал дальше, смеясь над своей неловкостью.

Потом Элли подобрала у края дороги толстую ветку и предложила её Страшиле вместо трости. Тогда дело пошло лучше, и походка Страшилы стала твёрже.

Домики попадались всё реже, плодовые деревья совсем исчезли. Страна становилась безлюдной и угрюмой.

Путники уселись у ручейка. Элли достала хлеб и предложила кусочек Страшиле, но он вежливо отказался:

— Я никогда не хочу есть. И это очень удобно для меня.

Элли не настаивала и отдала кусок Тотошке; пёсик жадно проглотил его и стал на задние лапки, прося ещё.

— Расскажи мне о себе, Элли, о своей стране,— попросил Страшила.

Элли долго рассказывала о широкой канзасской степи, где летом всё так серо и пыльно и всё совершенно не такое, как в этой удивительной стране Гудвина.

Страшила слушал внимательно.

— Я не понимаю, почему ты хочешь вернуться в свой сухой и пыльный Канзас.

— Ты потому не понимаешь, что у тебя нет мозгов,— горячо ответила девочка.— Дома всегда лучше!

Страшила лукаво улыбнулся.

— Солома, которой я набит, выросла на поле, кафтан сделал портной, сапоги сшил сапожник. Где же мой дом? На поле, у портного или у сапожника?

Элли растерялась и не знала, что ответить.

Несколько минут сидели молча.

— Может быть, теперь ты мне расскажешь что-нибудь? — спросила девочка.

Страшила взглянул на неё с упрёком:

— Моя жизнь так коротка, что я ничего не знаю. Ведь меня сделали только вчера, и я понятия не имею, что было раньше на свете. К счастью, когда хозяин делал меня, он прежде всего нарисовал мне уши, и я мог слышать, что делается вокруг. У хозяина гостил другой Жевун, и первое, что я услышал, были его слова: «А ведь уши-то велики!» — «Ничего! В самый раз!» — ответил хозяин и нарисовал мне правый глаз.

Я с любопытством начал разглядывать всё, что делается вокруг, так как — ты понимаешь — ведь я в первый раз смотрел на мир.

«Подходящий глазок! — сказал гость.— Не пожалел голубой краски!»

«Мне кажется, другой вышел немного больше»,— сказал хозяин, кончив рисовать мой второй глаз.

Потом он сделал мне из заплатки нос и нарисовал рот, но я не умел ещё говорить, потому что не знал, зачем у меня рот. Хозяин надел на меня свой старый костюм и шляпу, с которой ребятишки срезали бубенчики. Я был страшно горд. Мне казалось, что я выгляжу, как настоящий человек.

«Этот парень будет чудесно пугать ворон»,— сказал фермер.

«Знаешь что? Назови его Страшилой!» — посоветовал гость, и хозяин согласился.

Дети фермера закричали: «Страшила! Страшила! Пугай ворон!»

Меня отнесли на поле, проткнули шестом и оставили одного. Было скучно висеть, но слезть я не мог. Вчера птицы ещё боялись меня, но сегодня уже привыкли. Тут я и познакомился с доброй вороной, которая рассказала мне про мозги. Вот было бы хорошо, если бы Гудвин дал их мне...

— Я думаю, он тебе поможет,— подбодрила его Элли.

— Да, да! Неудобно чувствовать себя глупцом, когда даже вороны смеются над тобой.

— Идём! — сказала Элли, встала и подала Страшиле корзинку.

К вечеру путники вошли в большой лес. Ветви деревьев спускались низко и загораживали дорогу, вымощенную жёлтым кирпичом. Солнце зашло, и стало совсем темно.

— Если увидишь домик, где можно переночевать, скажи мне,— попросила Элли сонным голосом.— Очень неудобно и страшно идти в темноте.

Скоро Страшила остановился.

— Я вижу справа маленькую хижину. Пойдём туда?

— Да, да! — ответила Элли.— Я так устала!..

Они свернули с дороги и скоро дошли до хижины. Элли нашла в углу постель из мха и сухой травы и сейчас же уснула, обняв рукой Тотошку. А Страшила сидел на пороге, оберегая покой обитателей хижины.

Оказалось, что Страшила караулил не напрасно. Ночью какой-то зверь с белыми полосками на спине и на чёрной свиной мордочке попытался проникнуть в хижину. Скорее всего, его привлёк запах съестного из Эллиной корзинки, но Страшиле показалось, что Элли угрожает большая опасность. Он, затаившись, подпустил врага к самой двери (враг этот был молодой барсук, но этого Страшила, конечно, не знал). И когда барсучишка уже просунул в дверь свой любопытный нос, принюхиваясь к соблазнительному запаху, Страшила стегнул его прутиком по жирной спине.

Барсучишка взвыл, кинулся в чащу леса, и долго ещё слышался из-за деревьев его обиженный визг...

Остаток ночи прошёл спокойно: лесные звери поняли, что у хижины есть надёжный защитник. А Страшила, который никогда не уставал и никогда не хотел спать, сидел на пороге, пялил глаза в темноту и терпеливо дожидался утра.

СПАСЕНИЕ ЖЕЛЕЗНОГО ДРОВОСЕКА

Элли проснулась. Страшила сидел на пороге, а Тотошка гонял в лесу белок.

— Надо поискать воды,— сказала девочка.

— Зачем тебе вода?

— Умыться и попить. Сухой кусок не идёт в горло.

— Фу, как неудобно быть сделанным из мяса и костей! — задумчиво сказал Страшила.— Вы должны спать, и есть, и пить. Впрочем, у вас есть мозги, а за них можно терпеть всю эту кучу неудобств.

Они нашли ручеёк, и Элли с Тотошкой позавтракали. В корзинке оставалось ещё немного хлеба. Элли собралась идти к дороге, как вдруг услыхала в лесу стон.

— Что это? — спросила она со страхом.

— Понятия не имею,— отвечал Страшила.— Пойдём посмотрим.

Стон раздался снова. Они стали пробираться сквозь чащу. Скоро они увидели среди деревьев какую-то фигуру. Элли подбежала и остановилась с криком изумления.

У надрубленного дерева с высоко поднятым топором в руках стоял человек, целиком сделанный из железа. Голова его, руки и ноги были прикреплены к железному туловищу на шарнирах; на голове вместо шапки была медная воронка, галстук на шее был железный. Человек стоял неподвижно, с широко раскрытыми глазами.

Тотошка с яростным лаем попытался укусить незнакомца за ногу и отскочил с визгом: он чуть не сломал зубы.

— Что за безобразие, ав-ав-ав! — пожаловался он.— Разве можно подставлять порядочной собаке железные ноги?..

— Наверно, это лесное пугало,— догадался Страшила.— Не понимаю только, что оно здесь охраняет?

— Это ты стонал? — спросила Элли.

— Да...— ответил железный человек.— Уже целый год никто не приходит мне помочь...

— А что нужно сделать? — спросила Элли, растроганная жалобным голосом незнакомца.

— Мои суставы заржавели, и я не могу двигаться. Но если меня смазать, я буду как новенький. Ты найдёшь маслёнку в моей хижине на полке.

Элли с Тотошкой убежали, а Страшила ходил вокруг Железного Дровосека и с любопытством рассматривал его.

— Скажи, друг,— поинтересовался Страшила,— год — это долго?

— Ещё бы! Год — это долго, очень долго! Это целых триста шестьдесят пять дней!..

— Триста... шестьдесят... пять...— повторил Страшила.— А что, это больше, чем три?

— Какой ты глупый! — ответил Дровосек.— Ты, видно, совсем не умеешь считать!

— Ошибаешься! — гордо возразил Страшила.— Я очень хорошо умею считать! — И он начал считать, загибая пальцы: — Хозяин сделал меня — раз! Я поссорился с вороной — два! Элли сняла меня с кола — три! А больше со мной ничего не случилось, значит, дальше и считать незачем!

Железный Дровосек так удивился, что даже не смог ничего возразить. В это время Элли принесла маслёнку.

— Где смазывать? — спросила она.

— Сначала шею,— ответил Железный Дровосек.

И Элли смазала шею, но она так заржавела, что Страшиле долго пришлось поворачивать голову Дровосека направо и налево, пока шея не перестала скрипеть.

— Теперь, пожалуйста, руки!

И Элли стала смазывать суставы рук, а Страшила осторожно поднимал и опускал руки Дровосека, пока они стали действительно как новенькие. Тогда Железный Дровосек глубоко вздохнул и бросил топор.

— Ух, как хорошо! — сказал он.— Я поднял вверх топор, прежде чем заржаветь, и очень рад, что могу от него избавиться. Ну, а теперь дайте мне маслёнку, я смажу себе ноги, и всё будет в порядке.

Смазав ноги, так что он мог свободно двигать ими, Железный Дровосек много раз благодарил Элли, потому что он был очень вежливым.

— Я стоял бы здесь до тех пор, пока не обратился бы в железную пыль. Вы спасли мне жизнь. Кто вы такие?

— Я Элли, а это мои друзья...

— Тото!

— Страшила! Я набит соломой!

— Об этом нетрудно догадаться по твоим разговорам,— заметил Железный Дровосек.— Но как вы сюда попали?

— Мы идём в Изумрудный город к Великому Волшебнику Гудвину и провели в твоей хижине ночь.

— Зачем вы идёте к Гудвину?

— Я хочу, чтобы Гудвин вернул меня в Канзас, к папе и маме,— сказала Элли.

— А я хочу попросить у него немножечко мозгов для моей соломенной головы,— сказал Страшила.

— А я иду просто потому, что люблю Элли, и потому, что мой долг — защищать её от врагов! — сказал Тотошка.

Железный Дровосек глубоко задумался.

— Как вы полагаете, Гудвин может дать мне сердце?

— Думаю, что может,— отвечала Элли.— Ему это не труднее, чем дать Страшиле мозги.

— Так вот, если вы примете меня в компанию, я пойду с вами в Изумрудный город и попрошу Великого Гудвина дать мне сердце. Ведь иметь сердце — самое заветное моё желание!

Элли радостно воскликнула:

— Ах, друзья мои, как я рада! Теперь вас двое, и у вас два заветных желания!

— Пойдём с нами,— добродушно согласился Страшила.

Железный Дровосек попросил Элли доверху наполнить маслом маслёнку и положить её на дно корзинки.

— Я могу попасть под дождь и заржаветь,— сказал он,— и без маслёнки мне придётся плохо...

Потом он поднял топор, и они пошли через лес к дороге, вымощенной жёлтым кирпичом. Большим счастьем было для Элли и Страшилы найти такого спутника, как Железный Дровосек, сильного и ловкого. Когда Дровосек заметил, что Страшила опирается на корявую, сучковатую дубинку, он тотчас срезал с дерева прямую ветку и сделал для товарища удобную крепкую трость.

Скоро путники пришли к месту, где дорога заросла кустарником и стала непроходимой. Но Железный Дровосек заработал своим огромным топором и быстро расчистил путь.

Элли шла задумавшись и не заметила, как Страшила свалился в яму. Ему пришлось звать друзей на помощь.

— Почему ты не обошёл кругом? — спросил Железный Дровосек.

— Не знаю! — чистосердечно ответил Страшила.— Понимаешь, у меня голова набита соломой, и я иду к Гудвину попросить немножко мозгов.

— Так! — сказал Дровосек.— Во всяком случае мозги — не самое лучшее на свете.

— Вот ещё! — удивился Страшила.— Почему ты так думаешь?

— Раньше у меня были мозги,— пояснил Железный Дровосек.— Но теперь, когда приходится выбирать между мозгами и сердцем, я предпочитаю сердце.

— А почему? — спросил Страшила.

— Послушайте мою историю, и тогда вы всё поймёте.

И пока они шли, Железный Дровосек рассказывал им свою историю:

— Я дровосек. Став взрослым, я задумал жениться. Я полюбил от всего сердца одну хорошенькую девушку, а я тогда был ещё из мяса и костей, как и все люди. Но злая тётка, у которой жила девушка, не хотела расставаться с ней, потому что девушка работала на неё. Тётка пошла к волшебнице Гингеме и обещала ей набрать целую корзину самых жирных пиявок, если та расстроит свадьбу...

— Злая Гингема убита! — перебил Страшила.

— Кем?

— Элли! Она прилетела на Убивающем Домике и — крак! крак! — села волшебнице на голову.

— Жаль, что этого не случилось раньше! — вздохнул Железный Дровосек и продолжал: — Гингема заколдовала мой топор, он отскочил от дерева и отрубил мне левую ногу. Я очень опечалился: ведь без ноги я не мог быть дровосеком. Я пошёл к кузнецу, и он сделал мне прекрасную железную ногу. Гингема снова заколдовала мой топор, и он отрубил мне правую ногу. Я опять пошёл к кузнецу. Девушка любила меня по-прежнему и не отказывалась выйти за меня замуж. «Мы много сэкономим на сапогах и брюках!» — говорила она мне. Однако злая волшебница не успокоилась: ведь ей очень хотелось получить целую корзину пиявок.

Я потерял руки, и кузнец сделал мне железные. Наконец топор отрубил мне голову, и я подумал, что мне пришёл конец. Но об этом узнал кузнец и сделал мне отличную железную голову. Я продолжал работать, и мы с девушкой по-прежнему любили друг друга...

— Тебя, значит, делали по кускам,— глубокомысленно заметил Страшила.— А меня мой хозяин сделал зараз...

— Самое худшее впереди,— печально продолжал Дровосек.— Коварная Гингема, видя, что у неё ничего не выходит, решила окончательно доконать меня. Она ещё раз заколдовала топор, и он разрубил моё туловище пополам. Но, к счастью, кузнец снова узнал об этом, сделал железное туловище и прикрепил к нему на шарнирах мою голову, руки и ноги. Но — увы! — у меня не было больше сердца: кузнец не сумел его вставить. И мне подумалось, что я, человек без сердца, не имею права любить девушку. Я вернул моей невесте её слово и заявил, что она свободна от своего обещания. Странная девушка почему-то совсем этому не обрадовалась, сказала, что любит меня, как прежде, и будет ждать, когда я одумаюсь. Что с ней теперь, я не знаю: ведь я не видел её больше года...

Железный Дровосек вздохнул, и слёзы покатились из его глаз.

— Осторожней! — в испуге вскричал Страшила и вытер ему слёзы голубым носовым платочком.— Ведь ты заржавеешь от слёз!

— Благодарю, мой друг! — сказал Дровосек.— Я забыл, что мне нельзя плакать. Вода вредна мне во всех видах... Итак, я гордился своим новым, железным телом и уже не боялся заколдованного топора. Мне страшна была только ржавчина, но я всегда носил с собой маслёнку. Только раз я позабыл её, попал под ливень и так заржавел, что не мог сдвинуться с места, пока вы не спасли меня. Я уверен, что и этот ливень обрушила на меня коварная Гингема... Ах, это ужасно — стоять целый год в лесу и думать о том, что у тебя нет сердца!..

— С этим может сравниться только торчание на колу посреди пшеничного поля,— перебил его Страшила.— Но, правда, мимо ходили люди, и можно было разговаривать с воронами...

— Когда меня любили, я был счастливейшим человеком,— продолжал Железный Дровосек, вздыхая.— Если Гудвин даст мне сердце, я вернусь в страну Жевунов и женюсь на девушке. Может быть, она всё ещё ждёт меня...

— А я,— упрямо сказал Страшила,— всё-таки предпочитаю мозги: когда нет мозгов, тогда и сердце ни к чему.

— Ну, а мне нужно сердце! — возразил Железный Дровосек.— Мозги не делают человека счастливым, а счастье — лучшее, что есть на земле.

Элли молчала, так как не знала, кто из её новых друзей прав.

В ПЛЕНУ У ЛЮДОЕДА

Лес становился глуше. Ветви деревьев, сплетаясь вверху, не пропускали солнечных лучей. На дороге, вымощенной жёлтым кирпичом, была полутьма.

Шли до позднего вечера. Элли очень устала, и Железный Дровосек взял её на руки. Страшила плёлся сзади, сгибаясь под тяжестью топора.

Наконец остановились на ночлег. Железный Дровосек сделал для Элли уютный шалаш из ветвей. Он и Страшила просидели всю ночь у входа в шалаш, прислушиваясь к дыханию девочки и охраняя её сон.

Утром снова двинулись в путь. Дорога стала веселее: деревья опять отступили в стороны, и солнышко ярко освещало жёлтые кирпичи.

За дорогой здесь, видимо, кто-то ухаживал: сучья и ветки, сбитые ветром, были собраны и аккуратно сложены по краям дороги.

Вдруг Элли заметила впереди столб и на нём доску с надписью:

ПУТНИК, ТОРОПИСЬ!
ЗА ПОВОРОТОМ ДОРОГИ
ИСПОЛНЯТСЯ ВСЕ ТВОИ ЖЕЛАНИЯ!

Элли прочитала надпись и удивилась:

— Что это? Я попаду отсюда прямо в Канзас, к маме и папе?

— А я,— подхватил Тотошка,— поколочу соседского Гектора, этого хвастунишку, который уверяет, что он сильнее меня?

Элли обрадовалась, забыла обо всём на свете и бросилась вперёд. Тотошка побежал за ней с весёлым лаем.

Железный Дровосек и Страшила, увлечённые всё тем же интересным спором, что лучше — сердце или мозги, не заметили, что Элли убежала, и мирно шли по дороге. Внезапно они услышали крик девочки и злобный лай Тотошки. Друзья устремились к месту происшествия и успели заметить, как среди деревьев мелькнуло что-то лохматое и тёмное и скрылось в чаще леса. Возле дерева лежал бесчувственный Тотошка, из его ноздрей текли струйки крови.

— Что случилось? — горестно спросил Страшила.— Должно быть, Элли унёс хищный зверь...

Железный Дровосек ничего не говорил: он зорко всматривался вперёд и грозно размахивал огромным топором.

— Квирр... квир...— вдруг раздалось насмешливое чоканье Белки с верхушки высокого дерева.— Что случилось?.. Двое больших, сильных мужчин отпустили маленькую девочку, и её унёс Людоед!

— Людоед? — переспросил Железный Дровосек.— Я не слыхал, что в этом лесу живёт Людоед.

— Квирр... квир... Каждый муравей в лесу знает о нём. Эх, вы! Не могли присмотреть за маленькой девочкой! Только чёрненький зверёк смело вступился за неё и укусил Людоеда, но тот так хватил его своей огромной ногой, что он, наверное, умрёт...

Белка осыпала друзей такими насмешками, что им стало стыдно.

— Надо спасать Элли! — вскричал Страшила.

— Да, да! — горячо подхватил Железный Дровосек.— Элли спасла нас, а мы должны отбить её у Людоеда. Иначе я умру с горя...— И слёзы покатились по щекам Железного Дровосека.

— Что ты делаешь! — в испуге закричал Страшила, вытирая ему слёзы платочком.— Маслёнка у Элли!

— Если вы хотите выручить маленькую девочку, я покажу вам, где живёт Людоед, хотя очень его боюсь,— сказала Белка.

Элли стала смазывать суставы рук, а Страшила осторожно поднимал и опускал руки Дровосека, пока они стали действительно как новенькие.

Людоед страшно обрадовался, поймав Элли, и решил устроить себе настоящий пир. Он притащил девочку в замок, связал и положил на кухонный стол, а сам принялся точить большой нож.

Железный Дровосек бережно уложил Тотошку на мягкий мох и сказал:

— Если нам удастся вернуться, мы позаботимся о нём...— И он повернулся к Белке: — Веди нас!

Белка запрыгала по деревьям, друзья поспешили за ней. Когда они зашли в глубь леса, показалась серая стена.

Замок Людоеда стоял на холме. Его окружала высокая стена, на которую не вскарабкалась бы и кошка. Перед стеной был ров, наполненный водой.

Утащив Элли, Людоед поднял перекидной мост и запер на два засова чугунные ворота.

Людоед жил один. Прежде у него были бараны, коровы и лошади, и он держал много слуг. В те времена мимо замка в Изумрудный город часто проходили путники, Людоед нападал на них и съедал. Потом Жевуны узнали о Людоеде, и движение по дороге прекратилось.

Людоед принялся опустошать замок: сначала съел баранов, коров и лошадей, потом добрался до слуг и съел всех одного за другим. Последние годы Людоед прятался в лесу, ловил неосторожного кролика или зайца и съедал его с кожей и костями.

Людоед страшно обрадовался, поймав Элли, и решил устроить себе настоящий пир. Он притащил девочку в замок, связал и положил на кухонный стол, а сам принялся точить большой нож.

Клинк... клинк...— звенел нож.

А Людоед приговаривал:

— Ба-га-ра! Знатная попала добыча! Уж теперь полакомлюсь вволю, ба-гар-ра!

Людоед был так доволен, что даже разговаривал с Элли:

— Ба-га-ра! А ловко я придумал повесить доску с надписью! Ты думаешь, я действительно исполню твои желания? Как бы не так! Это я нарочно сделал, заманивать таких простаков, как ты! Ба-гар-ра!

Элли плакала и просила у Людоеда пощады, но он не слушал её и продолжал точить нож.

Клинк... клинк... клинк...

И вот Людоед занёс над девочкой нож. Она в ужасе закрыла глаза. Однако Людоед опустил руку и зевнул.

— Ба-га-ра! Устал я точить этот большой нож! Пойду-ка отдохну часок-другой. После сна и еда приятней.

Людоед пошёл в спальню, и скоро его храп раздался по всему замку и даже был слышен в лесу.

Железный Дровосек и Страшила в недоумении стояли перед рвом, наполненным водой.

— Я бы переплыл через воду,— сказал Страшила,— но вода смоет мои глаза, уши и рот, и я стану слепым, глухим и немым.

— А я утону,— проговорил Железный Дровосек,— ведь я очень тяжёл. Если даже и вылезу из воды, сейчас же заржавею, а маслёнки нет.

Так они стояли, раздумывая, и вдруг услышали храп Людоеда.

— Надо спасать Элли, пока он спит,— сказал Железный Дровосек.— Погоди, я придумал! Сейчас мы переберёмся через ров.

Он срубил высокое дерево с развилкой на верхушке, и оно упало на стену замка и прочно легло на ней.

— Полезай! — сказал он Страшиле.— Ты легче меня.

Страшила подошёл к мосту, но испугался и попятился.

Белка не вытерпела и одним махом взбежала по дереву на стену.

— Квирр... квир... Эх ты, трус! — крикнула она Страшиле.— Смотри, как это просто делается! — Но, взглянув в окно замка, она даже ахнула от волнения.— Девочка лежит связанная на кухонном столе...

Около неё большой нож... Девочка плачет... Я вижу, как из её глаз катятся слёзы...

Услышав такие вести, Страшила забыл опасность и чуть ли не быстрее Белки взлетел на стену.

— Ох! — только и сказал он, увидев через окно кухни бледное лицо Элли, и мешком свалился во двор.

Прежде чем он встал, Белка спрыгнула ему на спину, перебежала двор, шмыгнула через решётку окна и принялась грызть верёвку, которой была связана Элли.

Страшила открыл тяжёлые засовы ворот, опустил подъёмный мост, и Железный Дровосек вошёл во двор, свирепо вращая глазами и воинственно размахивая огромным топором.

Всё это он делал, чтобы устрашить Людоеда, если тот проснётся и выйдет во двор.

— Сюда! Сюда! — пропищала Белка из кухни, и друзья бросились на её зов.

Железный Дровосек вложил остриё топора в щель между дверью и косяком, нажал, и — трах! — дверь слетела с петель. Элли спрыгнула со стола, и все четверо — Железный Дровосек, Страшила, Элли и Белка — побежали из замка в лес.

Железный Дровосек в спешке так топал ногами по каменным плитам двора, что разбудил Людоеда. Людоед выскочил из спальни, увидел, что девочки нет, и пустился в погоню.

Людоед был невысок, но очень толст. Голова его походила на котёл, а туловище — на бочку. У него были длинные руки, как у гориллы, а ноги обуты в высокие сапоги с толстыми подошвами. На нём был косматый плащ из звериных шкур. На голову вместо шлема Людоед надел большую медную кастрюлю, ручкой назад, и вооружился огромной дубиной с шишкой на конце, утыканной острыми гвоздями.

Он рычал от злости, и его сапожищи грохотали: топ-топ-топ... А острые зубы стучали: клац-клац-клац...

— Ба-гар-ра! Не уйдёте, мошенники!..

Людоед быстро догонял беглецов. Видя, что от погони не убежать, Железный Дровосек прислонил испуганную Элли к дереву и приготовился к бою. Страшила отстал: ноги его цеплялись за корни, а грудью он задевал за ветки деревьев. Людоед догнал Страшилу, и тот вдруг бросился ему под ноги. Не ожидавший этого Людоед кувырком перелетел через Страшилу.

— Ба-гар-ра! Это ещё что за чучело!

Людоед не успел опомниться, как к нему сзади подскочил Железный Дровосек, поднял огромный острый топор и разрубил Людоеда пополам вместе с кастрюлей.

— Квирр... квирр... Славно сделано! — восхитилась Белка и поскакала по деревьям, рассказывая всему лесу о гибели свирепого Людоеда.

— Очень остроумно! — похвалил Железный Дровосек Страшилу.— Ты не смог бы лучше свалить Людоеда, если бы у тебя были мозги!

— Ты жестоко изранен! — испуганно сказала Элли.

— Пустяки! — добродушно возразил Страшила.— Надо зашить дырки. Он порвал мой костюм, и я боюсь, что из меня вылезет солома.

Элли достала иголку с ниткой и принялась за дело. Пока она зашивала прорехи, из леса послышался слабый визг. Железный Дровосек бросился в чащу и через минуту принёс Тотошку. Храбрый маленький пёсик опомнился от бесчувствия и полз по следу Людоеда...

Элли горячо благодарила друзей за их самоотверженность и храбрость. Она взяла обессиленного Тотошку на руки, и путники пошли через лес. Вскоре они выбрались к дороге, вымощенной жёлтым кирпичом, и бодро двинулись к Изумрудному городу.

ВСТРЕЧА С ТРУСЛИВЫМ ЛЬВОМ

В эту ночь Элли спала в дупле, на мягкой постельке из мха и листьев. Сон её был тревожен: ей чудилось, что она лежит связанная и что Людоед заносит над ней руку с огромным ножом. Девочка вскрикивала и просыпалась.

Утром двинулись в путь. Лес был мрачен. Из-за деревьев доносился рёв зверей. Элли вздрагивала от страха, а Тотошка, поджав хвостик, прижимался к ногам Железного Дровосека: он стал очень уважать его после победы над Людоедом.

Путники шли, тихо разговаривая о вчерашних событиях, и радовались спасению Элли. Дровосек не переставал хвалить находчивость Страшилы.

— Как ты ловко бросился под ноги Людоеду, друг Страшила! — говорил он.— Уж не завелись ли у тебя в голове мозги?

— Нет, солома...— отвечал Страшила, пощупав голову.

Эта мирная беседа была прервана громовым рычанием. На дорогу выскочил огромный Лев. Одним ударом он подбросил Страшилу в воздух; тот полетел кувырком и упал на краю дороги, распластавшись, как тряпка. Лев ударил Железного Дровосека лапой, но когти заскрипели по железу, а Дровосек от толчка сел, и воронка слетела у него с головы.

Крохотный Тотошка смело бросился на врага.

Громадный зверь разинул пасть, чтобы проглотить собачку, но Элли смело выбежала вперёд и загородила собой Тотошку.

— Стой! Не смей трогать Тотошку! — гневно закричала она.

Лев замер в изумлении.

— Простите,— оправдывался Лев,— но я ведь не съел его...

— Однако ты пытался. Как тебе не стыдно обижать слабых! Ты просто трус!

— А... а как вы узнали о том, что я трус? — спросил ошеломлённый Лев.— Вам кто-нибудь сказал?..

— Сама вижу по твоим поступкам!

— Удивительно...— сконфуженно проговорил Лев.— Как я ни стараюсь скрыть свою трусость, а дело всё-таки выплывает наружу. Я всегда был трусом, но ничего не могу с этим поделать!

— Подумать только: ты ударил бедного, набитого соломой Страшилу!

— Он набит соломой? — спросил Лев, удивлённо глядя на Страшилу.

— Конечно,— ответила Элли, ещё рассерженная на Льва.

— Понимаю теперь, почему он такой мягкий и такой лёгонький,— сказал Лев.— А тот, второй,— тоже набитый?

— Нет, он из железа.

— Ага! Недаром я чуть не поломал об него когти. А что это за маленький зверёк, которого ты так любишь?

— Это моя собачка, Тотошка.

— Она из железа или набита соломой?

— Ни то, ни другое. Это настоящая собачка, из мяса и костей.

— Скажи, какая маленькая, а ведь храбрая! — изумился Лев.

— У нас в Канзасе все собаки такие! — с гордостью молвил Тотошка.

— Смешное животное! — сказал Лев.— Только такой трус, как я, и мог напасть на такую крошку...

— Почему же ты трус? — спросила Элли, с удивлением глядя на громадного Льва.

— Таким уродился. Конечно, все считают меня храбрым: ведь Лев — царь зверей! Когда я реву,—

а я реву очень громко, вы слышали,— звери и люди убегают с моей дороги. Но если бы слон или тигр напали на меня, я бы испугался, честное слово! Хорошо ещё, что никто не знает, какой я трус,— сказал Лев, утирая слёзы пушистым кончиком хвоста.— Мне очень стыдно, но я не могу переделать себя.

— Может быть, у тебя сердечная болезнь? — спросил Дровосек.

— Возможно,— согласился Трусливый Лев.

— Счастливый! А у меня так и сердечной болезни не может быть: у меня нет сердца.

— Если бы у меня не было сердца,— задумчиво сказал Лев,— может быть, я и не был бы трусом.

— Скажи, пожалуйста, а ты когда-нибудь дерёшься с другими львами? — поинтересовался Тотошка.

— Где уж мне... Я от них бегу, как от чумы,— признался Лев.

— Фу! — насмешливо фыркнул пёсик.— Куда же ты после этого годен?

— А у тебя есть мозги? — спросил Льва Страшила.

— Есть, вероятно. Я их никогда не видел.

— Моя голова набита соломой, и я иду к Великому Гудвину просить немножко мозгов,— сказал Страшила.

— А я иду к нему за сердцем,— сказал Железный Дровосек.

— А я иду к нему просить, чтобы он вернул нас с Тотошкой в Канзас...

— Где я сведу счёты с соседским щенком, хвастунишкой Гектором,— добавил пёсик.

— Гудвин такой могущественный? — удивился Лев.

— Ему это ничего не стоит,— ответила Элли.

— В таком случае, не даст ли он мне смелости?

— Ему это так же легко, как дать мне мозги,— заверил Страшила.

— Или мне сердце,— прибавил Железный Дровосек.

— Или вернуть меня в Канзас,— закончила Элли.

— Тогда примите меня в компанию,— сказал Трусливый Лев.— Ах, если бы я мог получить хоть немного смелости... Ведь это моё заветное желание!

— Я очень рада! — сказала Элли.— Это третье желание, и если исполнятся все три, Гудвин вернёт меня на родину. Идём с нами...

— И будь нам добрым товарищем,— сказал Дровосек.— Ты будешь отгонять от Элли других зверей. Должно быть, они ещё трусливее тебя, раз бегут от одного твоего рёва.

— Они трусы,— проворчал Лев,— да я-то от этого не становлюсь храбрее.

Путешественники двинулись дальше по дороге, и Лев пошёл величавым шагом рядом с Элли. Тотошке и этот спутник сначала не понравился. Он помнил, как Лев хотел проглотить его. Но скоро он привык к Льву, и они сделались большими друзьями.

САБЛЕЗУБЫЕ ТИГРЫ

В этот вечер шли долго и остановились ночевать под развесистым деревом.

Железный Дровосек нарубил дров и развёл большой костёр, около которого Элли почувствовала себя очень уютно. Она и друзей пригласила разделить это удовольствие, но Страшила решительно отказался, ушёл от костра подальше и внимательно следил, чтобы ни одна искорка не попала на его костюм.

— Моя солома и огонь — такие вещи, которые не могут быть соседями,— объяснил он.

Трусливый Лев тоже не пожелал приблизиться к костру.

— Мы, дикие звери, не очень-то любим огонь,— сказал Лев.— Теперь, когда я в твоей компании, Элли, я, может быть, и привыкну, но сейчас он меня ещё слишком пугает...

Только Тотошка, не боявшийся огня, лежал на коленях у Элли, щурил на костёр свои маленькие блестящие глаза и наслаждался его теплом. Элли по-братски разделила с Тотошкой последний кусок хлеба.

— Что я буду теперь есть? — спросила она, бережно собирая крошки.

— Хочешь, я поймаю в лесу лань? — спросил Лев.— Правда, у вас, людей, плохой вкус, и вы предпочитаете жареное мясо сырому, но ты можешь поджарить его на углях.

— О, только никого не убивать! — взмолился Железный Дровосек.— Я буду так плакать о бедной лани, что никакого масла не хватит смазывать моё лицо...

— Как угодно,— пробурчал Лев и отправился в лес.

Он вернулся оттуда нескоро, улёгся с сытым мурлыканьем поодаль от костра и уставил на пламя свои жёлтые глаза с узкими щёлками зрачков.

Зачем Лев ходил в лесную чащу, никому не было известно. Сам он молчал, а остальные не спрашивали.

Страшила тоже пошёл в лес, и ему посчастливилось найти дерево, на котором росли орехи. Он рвал их своими мягкими непослушными пальцами. Орехи выскальзывали у него из рук, и ему приходилось собирать их в траве. В лесу было темно, как в погребе, и только Страшиле, видевшему ночью, как днём, это не причиняло никаких неудобств. Но когда он набирал полную горсть орехов, они вдруг вываливались у него из рук, и всё приходилось начинать снова. Всё же Страшила с удовольствием собирал орехи, боясь подходить к костру. Только увидев, что костёр начинает угасать, он приблизился к Элли с полной корзиной орехов, и девочка поблагодарила его за труды.

Утром Элли позавтракала орехами. Она и Тотошке предложила орехов, но пёсик с презрением отвернул от них нос: встав спозаранку, он поймал в лесу жирную мышь (к счастью, Дровосек этого не видел).

Путники снова двинулись к Изумрудному городу. Этот день принёс им много приключений. Пройдя около часа, они остановились перед оврагом, который тянулся по лесу вправо и влево насколько хватало глаз.

Овраг был широк и глубок. Когда Элли подползла к его краю и заглянула вниз, у неё закружилась голова, и она невольно отпрянула назад. На дне пропасти лежали острые камни, и между ними журчал невидимый ручей.

Стены оврага были отвесны. Путники стояли печальные: им казалось, что путешествие к Гудвину окончилось и придётся идти назад.

Страшила в недоумении тряс головой, Железный Дровосек схватился за грудь, и Лев огорчённо опустил морду.

— Что же делать? — спросила Элли в отчаянии.

— Не имею понятия,— огорчённо ответил Железный Дровосек, а Лев в недоумении почесал лапой нос.

Страшила сказал:

— Ух, какая большая яма! Через неё мы не перепрыгнем. Тут нам и сидеть!

— Я бы, пожалуй, перепрыгнул,— сказал Лев, измерив взглядом расстояние.

— Значит, ты перенесёшь нас? — догадался Страшила.

— Попробую,— сказал Лев.— Кто осмелится первым?

— Придётся мне,— сказал Страшила.— Если ты упадёшь, Элли разобьётся до смерти, да и Железному Дровосеку плохо будет. А уж я не расшибусь, будьте спокойны!..

— Да я-то сам боюсь свалиться или нет? — сердито перебил Лев разболтавшегося Страшилу.— Ну, раз больше ничего не остаётся, прыгаю. Садись!

Страшила влез ему на спину, и Лев съёжился на краю расселины, готовясь к прыжку.

— Почему ты не разбегаешься? — спросила Элли.

— Это не в наших львиных привычках. Мы прыгаем с места.

Он сделал огромный прыжок и благополучно перескочил на другую сторону. Все обрадовались, и Лев, ссадив Страшилу, тотчас прыгнул обратно.

Следующей села Элли. Держа Тотошку в одной руке, другой она вцепилась в жёсткую гриву Льва. Элли взлетела на воздух, и ей показалось, что она снова поднимается на Убивающем Домике, но не успела она испугаться, как была уже на твёрдой земле.

Последним переправился Железный Дровосек, чуть не потеряв во время прыжка свою шапку-воронку.

Когда Лев отдохнул, путешественники двинулись дальше по дороге, вымощенной жёлтым кирпичом. Элли догадалась, что овраг появился, вероятно, от землетрясения, уже после того, как провели дорогу к Изумрудному городу. Элли слыхала, что от землетрясений в земле могут образоваться трещины. Правда, отец не рассказывал ей о таких громадных трещинах, но ведь страна Гудвина была совсем особенная, и всё в ней было не так, как на всём прочем свете.

За оврагом по обеим сторонам дороги потянулся ещё более угрюмый лес, и стало темно. Из зарослей послышалось глухое сопение и протяжный рёв. Путникам стало жутко, а Тотошка совсем запутался в ногах у Льва, считая теперь, что Лев сильнее Железного Дровосека. Трусливый Лев сообщил спутникам, что в этом лесу живут саблезубые тигры.

— Что это за звери? — осведомился Дровосек,

— Это страшные чудовища,— боязливо прошептал Лев.— Они куда больше обыкновенных тигров, живущих в других частях страны. У них из верхней челюсти торчат клыки, как сабли. Такими клыками эти тигры могут проколоть меня, как котёнка... Я ужасно боюсь саблезубых тигров...

Все сразу притихли и стали осторожнее ступать по жёлтым кирпичам.

Элли сказала шёпотом:

— Я читала в книжке, что у нас в Канзасе саблезубые тигры водились в древние времена, но потом все вымерли, а здесь, видно, живут до сих пор...

— Да вот живут, к несчастью,— отозвался Трусливый Лев.— Я увидел одного издали, так заболел от страху...

За этими разговорами путники неожиданно подошли к новому оврагу, который оказался шире и глубже первого. Взглянув на него, Лев отказался прыгать: эта задача была ему не под силу. Все стояли в молчании, не зная, что делать. Вдруг Страшила сказал:

— Вот на краю большое дерево. Пусть Дровосек подрубит его так, чтобы оно упало через пропасть, и у нас будет мост.

— Ловко придумано! — восхитился Лев.— Можно подумать, что всё-таки у тебя в голове есть мозги.

— Нет,— скромно отозвался Страшила, на всякий случай пощупав голову,— я просто вспомнил, что так сделал Железный Дровосек, когда мы с ним спасали Элли от Людоеда.

Несколькими мощными ударами топора Железный Дровосек подрубил дерево, потом все путешественники, не исключая Тотошки, упёрлись в ствол, кто руками, а кто лапами и лбом. Дерево загремело и упало вершиной на ту сторону рва.

— Ура! — разом крикнули все.

Но едва только путники пошли по стволу, придерживаясь за ветки, как в лесу послышался продолжительный вой, и к оврагу подбежали два свирепых зверя с клыками, торчащими из пасти, как сверкающие белые сабли.

— Саблезубые тигры...— прошептал Лев, дрожа, как лист.

— Спокойствие! — закричал Страшила.— Переходите!

Лев, замыкавший шествие, обернулся к тиграм и испустил такое великолепное рычание, что Элли с перепугу чуть не свалилась в пропасть. Даже чудовища остановились и глядели на Льва, не понимая, как такой небольшой зверь может так громко реветь.

Эта задержка дала возможность путникам перейти овраг, и Лев в три прыжка нагнал их. Саблезубые тигры, видя, что добыча ускользает, вступили на мост. Они шли по дереву, то и дело останавливаясь, негромко, но грозно рыча и блестя белыми клыками. Вид их был так страшен, что Лев сказал Элли:

— Мы погибли! Бегите, а я постараюсь задержать этих бестий. Жаль, что я не успел получить от Гудвина хоть немного смелости! Однако буду драться, пока не умру.

В соломенную голову Страшилы в этот день приходили блестящие мысли. Толкнув Дровосека, он закричал:

— Руби дерево!

Железный Дровосек не заставил себя долго просить. Он наносил своим огромным топором такие отчаянные удары, что в два-три взмаха перерубил верхушку дерева, и ствол, лишённый опоры, с грохотом повалился в пропасть. Громадные звери полетели вместе с ним и разбились об острые камни на дне оврага.

— Ффу! — сказал Лев с глубоким вздохом облегчения и торжественно подал Страшиле лапу.— Спасибо! Поживём ещё, а то я совсем было простился с жизнью. Не очень-то приятная штука — попасть на зубы к таким чудовищам! Слышите, как у меня бьётся сердце?

— Ах! — печально вздохнул Железный Дровосек.— Хотел бы я, чтобы у меня так билось сердце!

Друзья торопились покинуть мрачный лес, из которого могли выскочить другие саблезубые тигры. Но Элли так устала и напугалась, что не могла идти. Лев посадил её и Тотошку к себе на спину, и путники быстро пошли вперёд. Как они обрадовались, увидев вскоре, что деревья становятся всё реже и тоньше! Солнышко весёлыми лучами освещало дорогу, и скоро путники вышли на берег широкой и быстрой реки.

— Теперь уж можно не беспокоиться,— радостно сказал Лев.— Тигры никогда не выходят из своего леса: эти зверюги почему-то боятся открытого пространства...

Все вздохнули свободно, но сейчас же у них появилась новая забота.

— Как же мы переправимся? — сказали Элли, Железный Дровосек, Трусливый Лев и Тотошка, и все разом посмотрели на Страшилу.

Польщённый общим вниманием, Страшила принял важный вид и приложил палец ко лбу. Думал он не очень долго.

— Ведь река — это не суша, а суша — не река! — важно изрёк он.— По реке не пойдёшь пешком, значит...

— Значит? — переспросила Элли.

— Значит, Железный Дровосек должен сделать плот, и мы переплывём реку!

— Какой ты умный! — восхищённо воскликнули все.

— Чрезвычайно признателен! — Страшила раскланялся.

Дровосек принялся рубить деревья и стаскивать их к реке с помощью сильного Льва. Элли прилегла на траве отдохнуть. Страшиле, по обыкновению, не сиделось на месте. Он разгуливал по берегу реки и нашёл деревья со спелыми плодами. Путники решили устроить здесь ночлег. Элли, поужинав вкусными плодами, заснула под охраной своих верных друзей и во сне видела удивительный Изумрудный город и Великого Волшебника Гудвина.

ПЕРЕПРАВА ЧЕРЕЗ РЕКУ

Ночь прошла спокойно. Утром Железный Дровосек докончил плот, срубил шесты для себя и Страшилы и предложил путникам садиться. Элли с Тотошкой на руках устроилась посредине плота. Трусливый Лев ступил на край, плот накренился, и Элли закричала от страха. Но Железный Дровосек и Страшила поспешили вскочить на другой край, и равновесие восстановилось. Железный Дровосек и Страшила погнали плот через реку, за которой начиналась чудесная равнина, кое-где покрытая весёлыми рощами и вся освещённая солнцем.

Всё шло прекрасно, пока плот не приблизился к середине реки. Здесь быстрое течение подхватило его и понесло по реке, а шесты не доставали дна. Путешественники растерянно смотрели друг на друга.

— Очень скверно! — воскликнул Железный

Дровосек.— Река унесёт нас в Фиолетовую страну, и мы попадём в рабство к злой волшебнице.

— И тогда я не получу мозгов! — сказал Страшила.

— А я смелости! — сказал Лев.

— А я сердца! — добавил Железный Дровосек.

— А мы никогда не вернёмся в Канзас! — закончили Элли и Тотошка.

— Нет, мы должны добраться до Изумрудного города! — вскричал Страшила и налёг на шест.

К несчастью, в этом месте оказалась илистая отмель, и шест глубоко воткнулся в неё. Страшила не успел выпустить шест из рук, а плот несло по течению, и через мгновение Страшила уже висел на шесте посреди реки, без опоры под ногами.

— До свидания! — только и успел крикнуть Страшила друзьям, но плот был уже далеко.

Положение Страшилы было отчаянное. «Здесь мне хуже, чем до встречи с Элли,— думал бедняга.— Там я хоть ворон пытался пугать — всё-таки занятие. А кто же ставит пугало посреди реки? Ох, кажется, я никогда не получу мозгов!»

Тем временем плот нёсся вниз по течению. Несчастный Страшила остался далеко позади и скрылся за поворотом реки.

— Придётся мне лезть в воду,— молвил Трусливый Лев, задрожав всем телом.— Ух, как я боюсь воды! Вот если бы я получил от Гудвина смелость, мне вода была бы нипочём... Но ничего не поделаешь, надо же добраться до берега. Я поплыву, а вы держитесь за мой хвост!

Лев плыл, пыхтя от напряжения, а Железный Дровосек крепко держался за кончик его хвоста. Трудная была работа — тащить плот, но всё же Лев медленно подвигался к другому берегу реки. Скоро Элли убедилась, что шест достаёт дно, и начала помогать Льву. После больших усилий совершенно измученные

Лев обернулся к тиграм и испустил такое великолепное рычание, что Элли чуть не свалилась в пропасть. Даже чудовища остановились и глядели на Льва, не понимая, как такой небольшой зверь может так громко реветь.

Страшила не успел выпустить шест из рук, а плот несло по течению, и через мгновение Страшила уже висел на шесте посреди реки, без опоры под ногами.

путники наконец достигли берега — далеко-далеко от того места, где начали переправу.

Лев тут же растянулся на траве лапами кверху, чтобы просушить намокшее брюхо.

— Куда теперь пойдём? — спросил он, щурясь на солнышко.

— Обратно, туда, где остался наш друг,— ответила Элли.— Ведь не можем же мы уйти отсюда, не выручив милого Страшилу!

Путники пошли берегом против течения реки. Они брели долго, повесив головы и заплетаясь ногами в густой траве, и с грустью думали об оставшемся над рекой товарище. Вдруг Железный Дровосек закричал изо всех сил:

— Смотрите!

И они увидели Страшилу, мужественно висевшего на шесте посреди широкой и быстрой реки. Страшила издали выглядел таким одиноким, и маленьким, и печальным, что у путников на глаза навернулись слёзы. Железный Дровосек разволновался больше всех. Он бесцельно бегал по берегу, рискнул было зачем-то сунуться в воду, но сейчас же отбежал назад. Потом сдёрнул воронку, приложил ко рту, как рупор, и оглушительно заорал:

— Страшила! Милый друг! Держись! Сделай одолжение, не падай в воду!

Железный Дровосек умел очень вежливо просить.

До путников слабо долетел ответ:

— ...жусь! ...огда... е... стаю...

Это означало: «Держусь! Никогда не устаю!»

Вспомнив, что Страшила и в самом деле никогда не уставал, друзья очень ободрились, и Железный Дровосек снова заорал в свою воронку-рупор:

— Не падай духом! Не уйдём отсюда, пока не выручим тебя!

И ветер донёс ответ:

— ...ду! ...е ...нуйтесь ...а ...ня...

И это означало: «Жду! Не волнуйтесь за меня!»

Железный Дровосек предложил сплести длинную верёвку из древесной коры. Потом он, Дровосек, полезет в воду и снимет Страшилу, а Лев вытащит их за верёвку. Но Лев покачал головой:

— Ты ведь плаваешь не лучше топора!

Железный Дровосек сконфуженно замолчал.

— Должно быть, придётся мне опять плыть,— сказал Лев.— Только трудно будет так рассчитать, чтобы течение принесло меня прямо к Страшиле...

— А я сяду к тебе на спину и буду тебя направлять! — предложил Тотошка.

Пока путники так судили да рядили, на них издали с любопытством поглядывал длинноногий важный Аист. Потом он потихоньку подошёл и стал на безопасном расстоянии, поджав правую ногу и прищурив левый глаз.

— Что вы за публика? — спросил он.

— Я — Элли, а это мои друзья — Железный Дровосек, Трусливый Лев и Тотошка. Мы идём в Изумрудный город.

— Дорога в Изумрудный город не здесь,— заметил Аист.

— Мы знаем её. Но нас унесла река, и мы потеряли товарища.

— А где он?

— Во-он видишь,— показала Элли,— висит на шесте.

— Зачем он туда забрался?

Аист был обстоятельной птицей и хотел знать всё до мельчайших подробностей.

Элли рассказала, как Страшила оказался посреди реки.

— Ах, если бы ты его спас! — вскричала Элли и умоляюще сложила руки.— Как бы мы были тебе благодарны!

— Я подумаю,— важно сказал Аист и закрыл правый глаз, потому что аисты, когда думают, обязательно закрывают правый глаз. Но левый глаз он закрыл ещё раньше.

И вот он стоял с закрытыми глазами на левой ноге и покачивался, а Страшила висел на шесте посреди реки и тоже покачивался от ветра. Путникам надоело ждать, и Железный Дровосек сказал:

— Послушаю я, о чём он думает,— и потихоньку подошёл к Аисту.

Но до него донеслось ровное, с присвистом, дыхание Аиста, и Дровосек удивлённо крикнул:

— Да он спит!

Аист и в самом деле заснул, пока думал.

Лев ужасно разгневался и рявкнул:

— Я его съем!

Аист спал чутко и вмиг открыл глаза.

— Вам кажется, что я сплю? — схитрил он.— Нет, я просто задумался. Такая трудная задача... Но, пожалуй, я перенёс бы вашего товарища на берег, не будь он такой большой и тяжёлый.

— Это он-то тяжёлый? — вскричала Элли.— Да ведь Страшила набит соломой и лёгкий, как пёрышко! Даже я его поднимаю!

— В таком случае, я попытаюсь,— сказал Аист.— Но смотрите, если он окажется слишком тяжёл, я брошу его в воду. Хорошо бы сначала свешать вашего друга на весах, но так как это невозможно, то я лечу!

Как видно, Аист был очень осторожной и обстоятельной птицей.

Аист взмахнул широкими крыльями и полетел к Страшиле. Он вцепился ему в плечи крепкими когтями, легко поднял и перенёс на берег, где сидела Элли с друзьями.

Когда Страшила вновь очутился на берегу, он горячо обнял друзей и потом обратился к Аисту:

— Я думал, мне вечно придётся торчать на шесте посреди реки и пугать рыб! Сейчас я не могу поблагодарить тебя как следует, потому что у меня в голове солома. Но, побывав у Гудвина, я разыщу тебя, и ты узнаешь, какова благодарность человека с мозгами.

— Очень рад,— солидно отвечал Аист.— Я люблю помогать другим в несчастье, особенно когда это не стоит мне большого труда... Однако заболтался я с вами. Меня ждут жена и дети. Желаю вам дойти благополучно до Изумрудного города и получить то, за чем идёте!

И он вежливо подал каждому путнику свою красную морщинистую лапу, и каждый путник дружески пожал её, а Страшила так тряс, что чуть не оторвал.

Аист улетел, а путешественники пошли по берегу. Счастливый Страшила шёл, приплясывая, и пел:

— Эй-гей-гей-го! Я снова с Элли!

Потом, через три шага:

— Эй-гей-гей-го! Я снова с Железным Дровосеком!

И так он перебирал всех, не исключая и Тотошки, а потом снова начинал свою нескладную, но весёлую и добродушную песенку.

КОВАРНОЕ МАКОВОЕ ПОЛЕ

Путники весело шли по лугу, усеянному великолепными белыми и голубыми цветами. Часто попадались красные маки невиданной величины с очень сильным ароматом. Всем было весело: Страшила был спасён, ни Людоед, ни овраги, ни саблезубые тигры, ни быстрая река не остановили друзей на пути к Изумрудному городу, и они предполагали, что все опасности остались позади.

— Какие чудные цветы! — воскликнула Элли.

— Они хороши! — вздохнул Страшила.— Конечно, будь у меня мозги, я восхищался бы цветами больше, чем теперь.

— А я бы полюбил их, если бы у меня было сердце,— вздохнул Железный Дровосек.

— Я всегда был в дружбе с цветами,— сказал Трусливый Лев.— Они милые и безобидные создания и никогда не выскакивают на тебя из-за угла, как эти страшные саблезубые тигры. Но в моём лесу не было таких больших и ярких цветов.

Чем дальше шли путники, тем больше становилось в поле маков. Все другие цветы исчезли, заглушённые зарослями мака. И скоро путешественники оказались среди необозримого макового поля. Запах мака усыпляет, но Элли этого не знала и продолжала идти, беспечно вдыхая сладковатый усыпляющий аромат и любуясь огромными красными цветами. Веки её отяжелели, и ей ужасно захотелось спать. Однако Железный Дровосек не позволил ей прилечь.

— Надо спешить, чтобы к ночи добраться до дороги, вымощенной жёлтым кирпичом,— сказал он, и Страшила поддержал его.

Они прошли ещё несколько сот шагов, но Элли не могла больше бороться со сном — шатаясь, она опустилась среди маков, со вздохом закрыла глаза и крепко заснула.

— Что же с ней делать? — спросил в недоумении Дровосек.

— Если Элли останется здесь, она будет спать, пока не умрёт,— сказал Лев, широко зевая.— Аромат этих цветов смертелен. У меня тоже слипаются глаза, а собачка уже спит.

Тотошка действительно лежал на ковре из маков возле своей маленькой хозяйки. Только на Страшилу и Железного Дровосека не действовал губительный запах цветов, и они были бодры, как всегда.

— Беги! — сказал Страшила Трусливому Льву.— Спасайся из этого опасного места. Мы донесём девочку, а если ты заснёшь, нам с тобой не справиться. Ведь ты слишком тяжёл!

Лев прыгнул вперёд и мигом скрылся из глаз. Железный Дровосек и Страшила скрестили руки и посадили на них Элли. Они сунули Тотошку в руки сонной девочке, и та бессознательно вцепилась в его мягкую шерсть. Страшила и Железный Дровосек шли среди макового поля по широкому следу примятых цветов, оставленному Львом, и им казалось, что полю не будет конца.

Но вот вдали показались деревья и зелёная трава. Друзья облегчённо вздохнули: они боялись, что долгое пребывание в отравленном воздухе убьёт Элли. На краю макового поля они увидели Льва. Аромат цветов победил мощного зверя, и он спал, широко раскинув лапы в последнем усилии достигнуть спасительного луга.

— Мы не сможем ему помочь! — печально сказал Железный Дровосек.— Он слишком тяжёл для нас. Теперь он заснул навсегда, и, быть может, ему снится, что он наконец получил смелость...

— Очень, очень жаль! — сказал Страшила.— Несмотря на свою трусость, Лев был добрым товарищем, и мне горько покинуть его здесь, среди проклятых маков. Но идём, надо спасать Элли.

Они вынесли спящую девочку на зелёную лужайку у реки, далеко от смертоносного макового поля, положили на траву и сели рядом, дожидаясь, когда свежий воздух разбудит Элли.

Пока друзья сидели и смотрели по сторонам, невдалеке заколыхалась трава, и на лужайку выскочил жёлтый дикий кот. Оскалив острые зубы и прижав уши к голове, он гнался за добычей. Железный Дровосек вскочил и увидел бегущую серую полевую мышь. Кот занёс над ней когтистую лапу, и мышка, жалобно пискнув, закрыла глаза, но Железный Дровосек сжалился над беззащитным созданием и отрубил голову дикому коту. Мышка открыла глаза и увидела, что враг мёртв. Она сказала Железному Дровосеку:

— Благодарю вас! Вы спасли мне жизнь.

— О, полно, не стоит говорить об этом,— возразил Железный Дровосек, которому, по правде, неприятно было оттого, что пришлось убить кота.— Вы знаете, у меня нет сердца, но я всегда стараюсь помочь в беде слабому, будь это даже простая мышь!

— Простая мышь! — в негодовании пискнула мышка.— Что вы хотите сказать этим, сударь? Да знаете ли вы, что я — Рамина, королева полевых мышей?

— О, в самом деле? — вскричал поражённый Дровосек.— Тысяча извинений, ваше величество!

— Во всяком случае, спасая мне жизнь, вы исполнили свой долг,— сказала королева, смягчаясь.

В этот момент несколько мышей, запыхавшись, выскочили на полянку и со всех ног бросились к королеве.

— О, ваше величество! — наперебой запищали они.— Мы думали, что вы погибли, и приготовились оплакивать вас! Но кто убил злого кота? — И они так низко поклонились маленькой королеве, что стали на головы и задние лапки их заболтались в воздухе.

— Его зарубил вот этот странный железный человек. Вы должны служить ему и исполнять его желания,— важно сказала Рамина.

— Пусть он приказывает! — хором закричали мыши.

Но в тот же момент они пустились врассыпную во главе с самой королевой. Дело в том, что Тотошка, открыв глаза и увидев вокруг себя мышей, испустил восхищённый вопль и ринулся в середину стаи.

Он ещё в Канзасе прославился как великий охотник на мышей, и ни один кот не мог сравниться с ним в ловкости. Но Железный Дровосек схватил пёсика и закричал мышам:

— Сюда! Сюда! Обратно! Я держу его!

Королева мышей высунула голову из травы и спросила:

— Вы уверены, что он не съест меня и моих придворных?

— Успокойтесь, ваше величество! Я его не выпущу!

Мыши собрались снова, и Тотошка, после бесполезных попыток вырваться из железных рук Дровосека, утихомирился. Чтобы пёсик больше не пугал мышей, его пришлось привязать к колышку, вбитому в землю.

Главная фрейлина-мышь заговорила:

— Великодушный незнакомец! Чем прикажете отблагодарить вас за спасение королевы?

— Я, право, теряюсь...— начал Железный Дровосек, но находчивый Страшила быстро перебил его:

— Спасите нашего друга Льва! Он в маковом поле.

— Лев! — вскричала королева.— Он съест всех нас.

— О, нет! — ответил Страшила.— Это Трусливый Лев, он очень смирен, да, кроме того, он ведь спит.

— Ну что ж, попробуем. Как это сделать?

— Много ли мышей в вашем королевстве?

— О, целые тысячи!

— Велите собрать их всех, и пусть каждая принесёт с собой длинную нитку.

Королева Рамина отдала приказ придворным, и они с таким усердием кинулись по всем направлениям, что только лапки замелькали.

— А ты, друг,— обратился Страшила к Железному Дровосеку,— сделай прочную тележку — вывезти Льва из маков.

Железный Дровосек принялся за дело и работал с таким рвением, что, когда появились первые мыши с длинными нитками в зубах, крепкая тележка с колёсами из цельных деревянных обрубков была готова.

Мыши сбегались отовсюду; их были многие тысячи, всех величин и возрастов: тут собрались и маленькие мыши, и средние мыши, и большие старые мыши. Одна дряхлая старушка мышь приплелась на полянку с большим трудом и, поклонившись королеве, тотчас свалилась лапками кверху. Две внучки уложили бабушку на лист лопуха и усердно махали над ней травинками, чтобы ветерок привёл её в чувство.

Трудно было запрячь в телегу такое множество мышей: пришлось привязать к передней оси целые тысячи ниток. Притом Дровосек и Страшила торопились, боясь, что Лев умрёт в маковом поле, и нитки путались у них в руках. Да ещё некоторые молодые шаловливые мышки перебегали с места на место и запутывали упряжку. Наконец каждая нитка была одним концом привязана к телеге, а другим — к мышиному хвосту, и порядок установился.

В это время проснулась Элли и с удивлением смотрела на странную картину. Страшила в немногих словах рассказал ей о том, что случилось, и обратился к королеве-мыши:

— Ваше величество! Позвольте представить вам Элли — фею Убивающего Домика.

Две высокие особы вежливо раскланялись и завязали дружеский разговор...

Приготовления кончились.

Нелегко было двум друзьям взвалить тяжёлого Льва на телегу. Но они всё же подняли его, и мыши с помощью Страшилы и Железного Дровосека быстро вывезли телегу с макового поля.

Лев был привезён на полянку, где сидела Элли под охраной Тотошки. Девочка сердечно благодарила мышей за спасение верного друга, которого успела сильно полюбить.

Мыши перегрызли нитки, привязанные к их хвостам, и поспешили к своим домам. Королева-мышь подала девочке крошечный серебряный свисточек.

— Если я буду вам нужна снова,— сказала Рамина,— свистните в этот свисток, и я — к вашим услугам. До свиданья!

— До свиданья! — ответила Элли.

Но в это время Тотошка сорвался с привязи, и мыши пришлось спасаться в густой траве с поспешностью, совсем неприличной для королевы.

* * *

Путники терпеливо ждали, когда проснётся Трусливый Лев: он слишком долго дышал отравленным воздухом макового поля. Но Лев был крепок и силён, и коварные маки не смогли убить его. Он открыл глаза, несколько раз широко зевнул и попробовал потянуться, но перекладины телеги помешали ему.

— Где я? Разве я ещё жив?

Увидев друзей, Лев страшно обрадовался и скатился с телеги.

— Расскажите, что случилось? Я изо всех сил бежал по маковому полю, но с каждым шагом лапы мои становились всё тяжелее, усталость свалила меня, и дальше я ничего не помню.

Страшила рассказал, как мыши вывезли Льва с макового поля.

Лев покачал головой:

— Как это удивительно! Я всегда считал себя очень большим и сильным. И вот цветы, такие ничтожные по сравнению со мной, чуть не убили меня, а жалкие, маленькие существа, мыши, на которых я всегда смотрел с презрением, спасли меня! А всё это потому, что их много, они действуют дружно и становятся сильнее меня, Льва, царя зверей! Но что мы будем делать, друзья мои?

— Продолжать путь к Изумрудному городу,— ответила Элли.— Три заветных желания должны быть выполнены, и это откроет мне путь на родину!

НА КОГО ПОХОЖ ГУДВИН?

Когда Лев оправился, вся компания весело двинулась в путь. По мягкой зелёной траве они вышли к дороге, вымощенной жёлтым кирпичом, и обрадовались ей, как милому старому другу.

Скоро по сторонам дороги появились красивые изгороди, за ними стояли фермерские домики, а на полях работали мужчины и женщины.

Изгороди и дома были выкрашены в красивый ярко-зелёный цвет, и люди носили зелёную одежду.

— Это, значит, началась Изумрудная страна,— сказал Железный Дровосек.

— Почему? — спросил Страшила.

— Разве ты не знаешь, что изумруд — зелёный?

— Я ничего не знаю,— с гордостью возразил Страшила.— Вот когда у меня будут мозги, тогда я всё буду знать!

Жители Изумрудной страны ростом были не выше Жевунов. На головах у них были такие же широкополые шляпы с острым верхом, но без серебряных бубенчиков. Казалось, они были неприветливы: никто не подходил к Элли и даже издали не обращался к ней с вопросами. На самом деле они просто боялись большого грозного Льва и маленького Тотошки.

— Думаю я, что нам придётся ночевать в поле,— заметил Страшила.

— А мне хочется есть,— сказала девочка. — Фрукты здесь хороши, а всё-таки надоели мне так, что я их видеть не могу и все их променяла бы на корочку хлеба! И Тотошка отощал совсем... Что ты, бедненький, ешь?

— Да так, что придётся...— уклончиво отвечал пёсик.

Он совсем не хотел признаться, что каждую ночь сопровождал Льва на охоту и питался остатками его добычи.

Завидев домик, на крыльце которого стояла хозяйка, казавшаяся приветливее других жительниц селения, Элли решила попроситься на ночлег.

Оставив приятелей за забором, она смело подошла к крыльцу. Женщина спросила:

— Что тебе нужно, дитя?

— Пустите нас, пожалуйста, переночевать!

— Но с тобой Лев!

— Не бойтесь его: он ручной, да и, кроме того, трус!

— Если это так, входите,— ответила женщина,— вы получите ужин и постель.

Компания вошла в дом, удивив и перепугав детей и хозяина дома. Когда прошёл всеобщий испуг, хозяин спросил:

— Кто вы такие и куда идёте?

— Мы идём в Изумрудный город,— ответила Элли,— и хотим увидеть Великого Гудвина.

— О, неужели? Уверены ли вы, что Гудвин захочет вас видеть?

— А почему нет?

— Видите ли, он никого не принимает. Я много раз бывал в Изумрудном городе, это удивительное и прекрасное место, но мне никогда не удавалось увидеть Великого Гудвина, и я знаю, что его никто никогда не видал...

— Разве он не выходит?

— Нет. И день и ночь он сидит в большом тронном зале своего дворца, и даже те, кто ему прислуживает, не видят его лица.

— На кого же он похож?

— Трудно сказать,— задумчиво ответил хозяин.— Дело в том, что Гудвин — великий мудрец и может принимать любой вид. Иногда он появляется в виде птицы или слона, а то вдруг оборотится кротом. Иные видели его в образе рыбы или мухи и во всяком другом виде, какой ему заблагорассудится принять. Но каков его настоящий вид — не знает никто из людей.

— Это поразительно и страшно,— сказала Элли.— Но мы попытаемся увидеть его, иначе наше путешествие окажется напрасным.

— Зачем вы хотите увидеть Гудвина Ужасного? — спросил хозяин.

— Я хочу попросить у него немножечко мозгов для моей соломенной головы,— отвечал Страшила.

— О, для него это сущие пустяки! Мозгов у него гораздо больше, чем ему требуется. Они все разложены по кулькам, и в каждом кульке — особый сорт.

— А я хочу, чтобы он дал мне сердце,— промолвил Дровосек.

— И это ему нетрудно,— отвечал хозяин, лукаво подмигивая.— У него на верёвочке сушится целая коллекция сердец всевозможных форм и размеров.

— А я хотел бы получить от Гудвина смелость,— сказал Лев.

— У Гудвина в тронной комнате большой горшок смелости,— объявил хозяин.— Он накрыт золотой крышкой, и Гудвин смотрит, чтобы смелость не перекипела через край. Конечно, он с удовольствием даст вам порцию.

Все три друга, услышав обстоятельные разъяснения хозяина, просияли и с довольными улыбками посматривали один на другого.

— А я хочу,— сказала Элли,— чтобы Гудвин вернул нас с Тотошкой в Канзас.

— Где это Канзас? — спросил удивлённый хозяин.

— Я не знаю,— печально отвечала Элли.— Но это моя родина, и она где-нибудь да есть.

— Ну, я уверен, что Гудвин найдёт для тебя Канзас. Но надо сначала увидеть его самого, а это нелёгкая задача. Гудвин не любит показываться, и, очевидно, у него есть на этот счёт свои соображения,— добавил хозяин шёпотом и огляделся по сторонам, как бы боясь, что Гудвин вот-вот выскочит из-под кровати или из шкафа.

Всем стало немного жутко, а Лев чуть не ушёл на улицу: он считал, что там безопаснее.

Ужин был подан, и все сели за стол. Элли ела восхитительную гречневую кашу, и яичницу, и чёрный хлеб; она была очень рада этим кушаньям, напоминавшим ей далёкую родину. Льву тоже дали каши, но он съел её с отвращением и сказал, что это кушанье для кроликов, а не для львов. Страшила и Дровосек ничего не ели. Тотошка съел свою порцию и попросил ещё.

Женщина уложила Элли в постель, и Тотошка устроился рядом со своей маленькой хозяйкой. Лев растянулся у порога комнаты и сторожил, чтобы никто не вошёл. Железный Дровосек и Страшила простояли всю ночь в уголке, изредка разговаривая шёпотом.

Часть вторая

ВЕЛИКИЙ И УЖАСНЫЙ

ИЗУМРУДНЫЙ ГОРОД

На следующее утро, после нескольких часов пути, друзья увидели на горизонте слабое зелёное сияние.

— Это, должно быть, Изумрудный город,— сказала Элли.

По мере того как они шли, сияние становилось ярче и ярче, но только после полудня путники подошли к высокой каменной стене ярко-зелёного цвета. Прямо перед ними были большие ворота, украшенные огромными изумрудами, сверкавшими так ярко, что они ослепляли даже нарисованные глаза Страшилы. У этих ворот кончалась дорога, вымощенная жёлтым кирпичом, которая так много дней верно вела их и наконец привела к долгожданной цели.

У ворот висел колокол. Элли дёрнула за верёвку, и колокол ответил глубоким серебристым звоном. Большие ворота медленно открылись, и путники вошли в сводчатую комнату, на стенах которой блестело бесчисленное множество изумрудов.

Перед путниками стоял маленький человек. Он был с ног до головы одет в зелёное, на боку у него висела зелёная сумка.

Зелёный человечек очень удивился, увидев такую странную компанию, и спросил:

— Кто вы такие?

— Я соломенное чучело, и мне нужны мозги! — сказал Страшила.

— А я сделан из железа, и мне недостаёт сердца,— сказал Дровосек.

— А я Трусливый Лев и желаю получить храбрость,— сказал Лев.

— А я Элли из Канзаса и хочу вернуться на родину,— сказала Элли.

— Зачем же вы пришли в Изумрудный город?

— Мы хотим видеть Великого Гудвина! Мы надеемся, что он исполнит наши желания: ведь, кроме волшебника, никто не может нам помочь.

— Много лет никто не просил у меня пропуска к Гудвину Ужасному,— задумчиво сказал человечек.— Он могуч и грозен, и, если вы пришли с пустой и коварной целью отвлечь Волшебника от мудрых размышлений, он уничтожит вас в одно мгновение.

— Но мы ведь пришли к Великому Гудвину по важным делам,— сказал Страшила.— И мы слышали, что Гудвин — добрый мудрец.

— Это так,— сказал зелёный человечек.— Он управляет Изумрудным городом мудро и хорошо. Однако для тех, кто приходит в город из пустого любопытства, он ужасен. Я Страж Ворот, Фарамант, и, раз вы пришли, я должен провести вас к Гудвину, только наденьте очки.

— Очки? — удивилась Элли.

— Без очков вас ослепит великолепие Изумрудного города. Даже все жители города носят очки день и ночь. Таков приказ Мудрого Гудвина. Очки запираются на замочек, чтобы никто не мог снять их.

Фарамант открыл зелёную сумку, и там оказалась куча зелёных очков всевозможных размеров. Все путники, не исключая Льва и Тотошки, оказались в очках, которые Страж Ворот закрыл крошечными замочками.

Страж Ворот тоже надел очки, вывел притихших путников через противоположную дверь, и они оказались на улице Изумрудного города.

Главная фрейлина-мышь заговорила:

— Великодушный незнакомец! Чем прикажете отблагодарить вас за спасение королевы?

Блеск Изумрудного города ослепил путников, хотя глаза их были защищены очками. По бокам улицы возвышались великолепные дома из зелёного мрамора, стены которых были украшены изумрудами.

Блеск Изумрудного города ослепил путников, хотя глаза их были защищены очками. По бокам улицы возвышались великолепные дома из зелёного мрамора, стены которых были украшены изумрудами. Мостовая была из зелёных мраморных плит, и между ними тоже были вделаны изумруды. На улицах толпился народ.

На странных товарищей Элли жители смотрели с любопытством, но никто из них не заговаривал с девочкой: и здесь боялись Льва и Тотошки. Жители города были в зелёной одежде, и кожа их отливала смугло-зеленоватым оттенком. Всё было зелёного цвета в Изумрудном городе, и даже солнце светило зелёными лучами.

Страж Ворот провёл путников по зелёным улицам, и они очутились перед большим красивым зданием, расположенным в центре города. Это и был дворец Великого Мудреца и Волшебника Гудвина.

Сердце Элли затрепетало от волнения и страха, когда она шла по дворцовому парку, украшенному фонтанами и клумбами: сейчас решится её судьба, сейчас она узнает, отправит ли Волшебник Гудвин её на родину, или она напрасно стремилась сюда, преодолев столько испытаний.

Дворец Гудвина был хорошо защищён от врагов: его окружала высокая стена, а перед ней был ров, наполненный водой, и через ров в случае надобности можно было перекинуть мост.

Когда Фарамант и путники подошли ко рву, мост был поднят. На стене стоял высокий Солдат, одетый в зелёный мундир. Зелёная борода Солдата спускалась ниже колен. Он ужасно гордился своей бородой, и неудивительно: другой такой не было в стране Гудвина. Завистники говорили, что у Солдата не было никаких достоинств, кроме бороды, и что только борода поставила его в то высокое положение, которое он занимал.

В руках у Солдата было зеркальце и гребешок. Он смотрелся в зеркальце и расчёсывал гребешком свою великолепную бороду, и это занятие настолько поглощало его внимание, что он ничего не видел и не слышал.

— Дин Гиор! — крикнул Солдату Страж Ворот.— Я привёл чужестранцев, которые хотят видеть Великого Гудвина!

Никакого ответа.

Страшила закричал своим хрипловатым голосом:

— Господин Солдат, впустите нас, знаменитых путешественников, победителей саблезубых тигров и отважных пловцов по рекам!

Никакого ответа.

— Кажется, ваш друг страдает рассеянностью? — спросила Элли.

— Да, к сожалению, это за ним водится,— отвечал Страж Ворот.

— Почтеннейший! Обратите на нас внимание! — крикнул Дровосек.— Нет, не слышит. Давайте-ка все хором!..

Все приготовились, а Дровосек даже поднёс ко рту свою воронку вместо рупора. По знаку Страшилы все заорали что было мочи:

— Гос-по-дин Сол-дат! Впу-сти-те нас! Гос-по-дин Сол-дат!! Впу-сти-те нас!!!

Страшила оглушительно колотил по перилам рва своей тростью, а Тотошка звонко лаял. Никакого впечатления: Солдат по-прежнему любовно укладывал в своей бороде волосок к волоску.

— Я вижу, мне придётся рявкнуть по-лесному,— сказал Лев.

Он покрепче упёрся на лапах, поднял голову и испустил такой рык, что зазвенели стёкла домов, вздрогнули цветы, выплеснулась вода из бассейнов, а любопытные, издали наблюдавшие за странной компанией, врассыпную бросились бежать, заткнув уши. Спрятав гребешок и зеркальце в карман, Солдат свесился со стены и с удивлением начал рассматривать пришельцев. Узнав среди них Стража Ворот, он вздохнул с облегчением.

— Это ты, Фарамант? — спросил он.— В чём дело?

— Дело в том, Дин Гиор,— сердито ответил Страж Ворот,— что мы целых полчаса не могли докричаться тебя!

— Ах, только полчаса? — беспечно отозвался Солдат.— Ну, это сущие пустяки. Лучше скажи мне, кто это с тобой?

— Это чужестранцы, которые хотят видеть Великого Гудвина!

— Ну что ж, пусть войдут,— со вздохом сказал Дин Гиор.— Я доложу о них Великому Гудвину...

Он опустил мост, и путники, попрощавшись со Стражем Ворот, перешли через мост и очутились во дворце. Их ввели в приёмную. Солдат попросил их вытереть ноги о зелёный половичок у входа и усадил в зелёные кресла.

— Побудьте здесь, а я пойду к двери тронного зала и доложу Великому Гудвину о вашем прибытии.

Через несколько минут Солдат вернулся, и Элли спросила его:

— Видели Гудвина?

— О нет, я его никогда не вижу! — последовал ответ.— Великий Гудвин всегда говорит со мной из-за двери: вероятно, вид его так страшен, что Волшебник не хочет попусту пугать людей. Я доложил о вашем приходе. Сначала Гудвин рассердился и не хотел меня слушать. Потом вдруг стал расспрашивать о том, как вы одеты. А когда узнал, что на вас серебряные башмачки, то чрезвычайно заинтересовался этим и сказал, что примет вас всех. Но каждый день к нему допускается только один проситель — таков его обычай. И так как вы проживёте здесь несколько дней, он приказал отвести вам комнаты, чтобы отдохнули от долгого пути.

— Передайте нашу благодарность Великому Гудвину,— ответила Элли.

Девочка решила, что Волшебник не так страшен, как говорят, и что он вернёт её на родину.

Дин Гиор свистнул в зелёный свисточек, и явилась красивая девушка в зелёном шёлковом платье. У неё была красивая гладкая зелёная кожа, зелёные глаза и пышные зелёные волосы. Она низко поклонилась Элли и сказала:

— Идите за мной, я отведу вас в вашу комнату.

Они прошли по богатым покоям, много раз спускались и поднимались по лестницам, и наконец Элли очутилась в отведённой ей комнате. Это была самая восхитительная и уютная комнатка в мире, с маленькой кроватью, с фонтаном посредине, из которого била тоненькая струйка воды, падавшая в красивый бассейн. Конечно, и здесь всё было зелёного цвета.

— Располагайтесь, как дома,— сказала зелёная девушка.— Великий Гудвин примет вас завтра утром.

Оставив Элли, девушка развела остальных путешественников по их комнатам.

Комнаты были прекрасно обставлены и находились в лучшей части дворца.

Впрочем, на Страшилу окружающая роскошь не произвела никакого впечатления. Очутившись в своей комнате, он стал около двери с самым равнодушным видом и простоял, не сходя с места, до самого утра. Всю ночь он таращил глаза на паучка, который так беззаботно плёл паутину, как будто находился не в прекраснейшем дворце, а в бедной лачужке сапожника.

Железный Дровосек хотя и лёг в постель, но сделал это по привычке тех времён, когда он был ещё из плоти и крови. Но и он не спал всю ночь, то и дело двигая головой, руками и ногами, чтобы убедиться, что они не заржавели.

Лев с удовольствием улёгся бы на заднем дворе, на подстилке из соломы, но ему этого не позволили. Он забрался на кровать, свернулся клубком, как кот, и захрапел на весь дворец. Его громкому храпу вторил тоненький храп Тотошки, который на этот раз решил поместиться вместе со своим могучим другом.

УДИВИТЕЛЬНЫЕ ПРЕВРАЩЕНИЯ ВОЛШЕБНИКА ГУДВИНА

Наутро зелёная девушка умыла и причесала Элли и повела её в тронный зал Гудвина.

В зале рядом с тронным собрались придворные кавалеры и дамы в нарядных костюмах. Гудвин никогда не выходил к ним и не принимал их у себя. Однако в продолжение многих лет они каждое утро проводили во дворце, пересмеиваясь и сплетничая; они называли это придворной службой и очень гордились ею.

Придворные посмотрели на Элли с удивлением и, заметив на ней серебряные башмачки, отвесили ей поклоны до самой земли.

— Фея... Фея... Это Фея...— послышался шёпот.

Один из самых смелых придворных приблизился к Элли и, беспрестанно кланяясь, спросил:

— Осмелюсь осведомиться, милостивая госпожа Фея, неужели вы действительно удостоитесь приёма у Гудвина Ужасного?

— Да, Гудвин хочет меня видеть,— скромно ответила Элли.

В толпе пронёсся гул удивления. В это время зазвенел колокольчик.

— Сигнал! — сказала зелёная девушка.— Гудвин требует вас в тронный зал.

Солдат открыл дверь. Элли робко вошла и очутилась в удивительном месте. Тронный зал Гудвина был круглый, с высоким сводчатым потолком; и повсюду — на полу, на потолке, на стенах — блестели бесчисленные драгоценные камни.

Элли посмотрела вперёд. В центре комнаты стоял трон из зелёного мрамора, сияющий изумрудами. И на этом троне лежала огромная Живая Голова, одна голова, без туловища... Голова имела настолько внушительный вид, что Элли обомлела от страха.

Лицо Головы было гладкое и лоснящееся, с полными щеками, с огромным носом, с крупными, плотно сжатыми губами. Голый череп сверкал, как выпуклое зеркало. Голова казалась безжизненной: ни морщины на лбу, ни складки у губ,— и на всём лице жили только глаза. Они с непонятным проворством повернулись в орбитах и уставились в потолок. Когда глаза вращались, в тишине зала слышался скрип, это поразило Элли.

Девочка смотрела на непонятное движение глаз и так растерялась, что забыла поклониться Голове.

— Я — Гудвин, Великий и Ужасный! Кто ты такая и зачем беспокоишь меня?

Элли заметила, что рот Головы не двигается и голос, негромкий и даже приятный, слышится как будто со стороны.

Девочка ободрилась и ответила:

— Я — Элли, маленькая и слабая. Я пришла издалека и прошу у вас помощи.

Глаза снова повернулись в орбитах и застыли, глядя в сторону: казалось, они хотели посмотреть на Элли, но не могли.

Голос спросил:

— Откуда у тебя серебряные башмачки?

— Из пещеры злой волшебницы Гингемы. На неё упал мой домик, раздавил её, и теперь славные Жевуны свободны...

— Жевуны освобождены? — оживился голос.— И Гингемы больше нет? Приятное известие! — Глаза Живой Головы завертелись и наконец уставились на Элли.— Но чего же ты хочешь от меня?

— Пошлите меня на родину, в Канзас, к папе и маме...

— Ты из Канзаса? — перебил голос, и в нём послышались добрые человеческие нотки.— А как там сейчас...— Но голос вдруг умолк, а глаза Головы отвернулись от Элли.

— Я из Канзаса,— повторила девочка.— Хоть ваша страна и великолепна, но я не люблю её,— храбро продолжала она.— Здесь на каждом шагу такие опасности...

— А что с тобой приключилось? — поинтересовался голос.

— Дорогой на меня напал Людоед. Он съел бы меня, если бы меня не выручили мои верные друзья, Страшила и Железный Дровосек. А потом за нами гнались саблезубые тигры... А потом мы попали в ужасное маковое поле... Ох, это настоящее сонное царство! Мы со Львом и Тотошкой заснули там. И если бы не Страшила и Железный Дровосек, да ещё мыши, мы спали бы там до тех пор, пока не умерли... Да всего этого хватит рассказывать на целый день. И теперь я вас прошу: исполните, пожалуйста, три заветных желания моих друзей, и когда вы их исполните, вы и меня должны будете вернуть домой.

— А почему я должен буду вернуть тебя домой?

— Потому что так написано в волшебной книге Виллины...

— А, это добрая волшебница Жёлтой страны, слыхал о ней,— молвил голос.— Её предсказания не всегда исполняются.

— И ещё потому,— продолжала Элли,— что сильные должны помогать слабым. Вы великий мудрец и волшебник, а я беспомощная маленькая девочка...

— Ты оказалась достаточно сильной, чтобы убить злую волшебницу,— возразила Голова.

— Это сделало волшебство Виллины,— просто ответила девочка.— Я тут ни при чём.

— Вот мой ответ,— сказала Живая Голова, и глаза её завертелись с такой необычайной быстротой, что Элли вскрикнула от испуга.— Я ничего не делаю даром. Если хочешь воспользоваться моим волшебным искусством, чтобы вернуться домой, ты должна сделать то, что я тебе прикажу.

Глаза Головы мигнули много раз подряд. Несмотря на испуг, Элли с интересом следила за глазами и ждала, что они будут делать дальше. Движения глаз совершенно не соответствовали словам Головы и тону её голоса, и девочке казалось, что глаза живут самостоятельной жизнью. Голова ждала вопроса.

— Но что я должна сделать? — спросила удивлённая Элли.

— Освободи Фиолетовую страну от власти злой волшебницы Бастинды,— ответила Голова.

— Но я же не могу! — вскричала Элли в испуге.

— Ты покончила с рабством Жевунов и сумела получить волшебные серебряные башмачки Гингемы. Осталась одна злая волшебница в моей стране, и под её властью изнывают бедные, робкие Мигуны, жители Фиолетовой страны. Нужно им тоже дать свободу...

— Но как же это сделать? — спросила Элли.— Ведь не могу же я убить волшебницу Бастинду!

— Гм, гм...— Голос на мгновение запнулся.—

Мне это безразлично. Можно посадить её в клетку, можно изгнать из Фиолетовой страны, можно... Да, в конце концов,— рассердился голос,— ты на месте увидишь, что можно сделать! Важно лишь избавить от её владычества Мигунов, а, судя по тому, что ты рассказала о себе и своих друзьях, вы сможете и должны это сделать. Так сказал Гудвин, Великий и Ужасный, и слово его — закон!

Девочка заплакала.

— Вы требуете от нас невозможного!

— Всякая награда должна быть заслужена,— сухо возразила Голова.— Вот моё последнее слово: ты вернёшься в Канзас к отцу и матери, когда освободишь Мигунов. Помни, что Бастинда — волшебница могущественная и злая, ужасно могущественная и злая, и надо лишить её волшебной силы. Иди и не возвращайся ко мне, пока не выполнишь свою задачу.

Грустная Элли оставила тронный зал и вернулась к друзьям, которые с беспокойством ожидали её.

— Нет надежды! — сказала девочка со слезами.— Гудвин приказал мне лишить злую Бастинду её волшебной силы, а мне этого никогда не сделать!..

Все опечалились, но никто не мог утешить Элли. Она пошла в свою комнату и плакала, пока не уснула.

На следующее утро зеленобородый Солдат явился за Страшилой.

— Идите за мной, вас ждёт Гудвин.

Страшила вошёл в тронный зал и увидел на троне прекрасную Морскую Деву с блестящим рыбьим хвостом. Лицо Девы было неподвижно, как маска, глаза смотрели в одну сторону. Дева обмахивалась веером, делая рукой однообразные механические движения.

Страшила, ожидавший увидеть Живую Голову, растерялся, но потом собрался с духом и почтительно поклонился. Морская Дева сказала приятным низким голосом, звучавшим, казалось, со стороны:

— Я — Гудвин, Великий и Ужасный! Кто ты и зачем пришёл ко мне?

— Я — чучело, набитое соломой! — ответил Страшила.— Я прошу вас дать мозгов для моей соломенной головы. Тогда я буду как все люди в ваших владениях, и это самое заветное моё желание!

— Почему ты обращаешься с этой просьбой ко мне?

— Потому что вы мудры, и никто, кроме вас, не поможет мне.

— Мои милости не даются даром,— ответила Морская Дева.— И вот мой ответ: лиши Бастинду волшебной силы, и я дам тебе столько мозгов — и прекрасных мозгов! — что ты станешь мудрейшим человеком в стране Гудвина.

— Но ведь вы приказали сделать это Элли! — с удивлением вскричал Страшила.

— Мне неважно, кто это сделает,— ответил голос.— Но знай: пока Мигуны остаются рабами Бастинды, твоя просьба не будет исполнена. Иди и заслужи мозги!

Страшила печально поплёлся к друзьям и рассказал им, как принял его Гудвин.

Все удивились, услышав, что Гудвин явился Страшиле в виде прекрасной Морской Девы.

На следующий день Солдат вызвал Железного Дровосека. Когда тот явился в тронный зал, неся на плече топор, с которым никогда не расставался, он не увидел ни Живой Головы, ни прекрасной Девы. На троне громоздился чудовищный зверь. Морда у него была как у носорога, и на ней было разбросано около десятка глаз, тупо смотревших в разные стороны. Штук двенадцать лап разной длины и толщины свисали с неуклюжего туловища. Кожу зверя кое-где покрывала косматая шерсть; местами кожа была голая, и на грубой серой поверхности выступали бородавчатые наросты.

Более отвратительного чудовища невозможно было себе представить. У любого человека при виде его сердце забилось бы от страха. Но Дровосек не имел сердца, поэтому он не испугался и вежливо приветствовал чудовище. Всё-таки он сильно разочаровался, так как ожидал увидеть Гудвина в образе прекрасной Девы, которая, по мнению Дровосека, скорее наделила бы его сердцем.

— Я — Гудвин, Великий и Ужасный! — проревел зверь голосом, выходившим не из пасти чудовища, а из дальнего угла комнаты.— Кто ты такой и зачем тревожишь меня?

— Я — Дровосек и сделан из железа. Я не имею сердца и не могу любить. Дайте мне сердце, и я буду как все люди в вашей стране. И это самое моё заветное желание!

— Всё желания да желания! Право, чтобы удовлетворить все ваши заветные желания, я должен день и ночь сидеть за своими волшебными книгами! — И после молчания голос добавил: — Если хочешь иметь сердце, заработай его!

— Как?

— Схвати Бастинду, заключи её в каменную темницу! Ты получишь самое большое, самое доброе и самое любвеобильное сердце в стране Гудвина! — прорычало чудовище.

Железный Дровосек рассердился и шагнул вперёд, снимая с плеча топор. Движение Дровосека было таким стремительным, что зверь испугался. Он злобно провизжал:

— Ни с места! Ещё шаг вперёд — и тебе и твоим друзьям не поздоровится!

Железный Дровосек в смущении покинул тронный зал и поспешил с плохими известиями к своим друзьям.

Трусливый Лев свирепо сказал:

— Хоть я и трус, а придётся мне завтра помериться силами с Гудвином. Если он явится в образе зверя, я рявкну, как на саблезубых тигров, и напугаю его. Если он примет вид Морской Девы, я схвачу его и поговорю с ним по-своему. А лучше всего, если бы он был Живой Головой,— я катал бы её из угла в угол и подбрасывал бы, как мяч, пока она не исполнит наших желаний.

На следующее утро наступила очередь Льва идти к Гудвину, но когда он вошёл в тронный зал, то отпрыгнул в изумлении: над троном качался и сиял Огненный Шар. Лев зажмурил глаза.

Из угла раздался голос:

— Я — Гудвин, Великий и Ужасный! Кто ты и зачем докучаешь мне?

— Я — Трусливый Лев! Я хотел бы получить от вас немного смелости, чтобы стать царём зверей, как меня все величают.

— Помоги прогнать Бастинду из Фиолетовой страны, и вся смелость, какая есть во дворце Гудвина, будет твоя! Но если ты этого не сделаешь, ты навсегда останешься трусом. Я заколдую тебя, и ты будешь бояться мышей и лягушек!

Рассерженный Лев начал подкрадываться к Шару, чтобы схватить его, но на него повеяло таким жаром, что Лев взвыл и, поджав хвост, выбежал из зала. Он вернулся к друзьям и рассказал о приёме, который устроил ему Гудвин.

— Что же с нами будет? — печально спросила Элли.

— Ничего не остаётся, как попробовать выполнить приказ Гудвина,— сказал Лев.

— А если не удастся? — возразила девочка.

— Я никогда не получу смелости,— ответил Лев.

— Я никогда не получу мозгов,— сказал Страшила.

— А я никогда не получу сердца,— добавил Дровосек.

— А я никогда не вернусь домой,— молвила Элли и заплакала.

— А соседский Гектор всю жизнь будет утверждать, что я сбежал с фермы только потому, что испугался решительного боя с ним,— закончил Тотошка.

Потом Элли вытерла слёзы и сказала:

— Попробую! Но я уверена, что ни за какие блага в мире не решусь поднять руку на Бастинду!

— Я пойду с тобой,— сказал Лев.— Хоть я и слишком труслив, чтобы помочь тебе в борьбе со злой волшебницей, но, быть может, мои услуги тебе в чём-нибудь пригодятся...

— Я тоже пойду,— сказал Страшила.— Правда, я ничем не смогу быть полезен: ведь я слишком глуп!

— У меня не хватит духу обидеть Бастинду, хотя она очень и очень скверная женщина,— сказал Железный Дровосек.— Но если вы идёте, я, конечно, пойду с вами, друзья!

— Ну, а Тотошка,— важно заявил пёсик,— Тотошка, понятно, никогда не покинет товарищей в беде!

Элли горячо поблагодарила верных друзей.

Решили отправиться на следующий день ранним утром.

Железный Дровосек наточил топор, тщательно смазал все суставы и доверху наполнил маслёнку лучшим маслом. Страшила попросил набить себя свежей соломой. Элли раздобыла кисточку и краски и заново подвела ему глаза, рот и уши, поблёкшие от дорожной пыли и яркого солнца. Зелёная девушка наполнила корзинку Элли вкусными кушаньями. Она расчесала шёрстку Тотошки и привязала ему на шею серебряный колокольчик.

На рассвете их разбудил крик зелёного петуха, жившего на заднем дворе.

ПОСЛЕДНЕЕ ВОЛШЕБСТВО БАСТИНДЫ

К воротам Изумрудного города путников отвёл зеленобородый Солдат. Страж Ворот снял со всех очки и спрятал их в сумку.

— Вы уже покидаете нас? — вежливо спросил он.

— Да, мы вынуждены идти,— с грустью ответила Элли.— Где начинается дорога в Фиолетовую страну?

— Туда нет дороги,— ответил Фарамант.— Никто по доброй воле не ходит в страну злой Бастинды.

— Как же мы найдём её?

— Вам не придётся беспокоиться об этом! — воскликнул Страж Ворот.— Когда вы придёте в Фиолетовую страну, Бастинда сама найдёт вас и заберёт в рабство.

— А может, мы сумеем лишить её волшебной силы? — сказал Страшила.

— Ах, вы хотите победить Бастинду? Тем хуже для вас! С ней ещё никто не пробовал бороться, кроме Гудвина, да и тот,— Страж Ворот понизил голос,— потерпел неудачу. Она постарается захватить вас в плен, прежде чем вы сможете что-нибудь предпринять. Будьте осторожны! Бастинда очень злая и искусная волшебница, и справиться с ней очень трудно. Идите туда, где восходит солнце, и вы придёте в её страну. Желаю вам успеха!

Путники распрощались с Фарамантом, и он закрыл за ними ворота Изумрудного города. Элли повернула на восток, остальные пошли за ней. Все были печальны, зная, какое трудное дело им предстоит. Только беспечный Тотошка весело носился по полю и гонялся за большими пёстрыми бабочками: он верил в силу Льва и Железного Дровосека и надеялся на изобретательность Страшилы.

Элли взглянула на собачку и вскрикнула от изумления: ленточка на её шее из зелёной превратилась в белую.

— Что это значит? — спросила она друзей.

Все посмотрели друг на друга, и Страшила глубокомысленно заявил:

— Колдовство!

За неимением другого объяснения все согласились с этим и зашагали дальше. Изумрудный город исчезал вдали. Страна становилась пустынной: путники приближались к владениям Бастинды.

До самого полудня солнце светило путникам в глаза, ослепляя их, но они шли по каменистому плоскогорью, и не было ни одного дерева, чтобы спрятаться в тень. К вечеру Элли устала, а Лев поранил лапы и хромал.

Остановились на ночлег. Страшила и Железный Дровосек стали на караул, а остальные заснули.

* * *

У злой Бастинды был только один глаз, зато она видела им так, что не было уголка в Фиолетовой стране, который ускользнул бы от её острого взора.

Выйдя вечерком посидеть на крылечке, Бастинда обвела глазом свои владения и вздрогнула от ярости: далеко-далеко, на границе своих владений, она увидела маленькую спящую девочку и её друзей.

Волшебница свистнула в свисток. К дворцу Бастинды с шумом сбежалась стая огромных волков со злыми жёлтыми глазами, с большими клыками, торчавшими из разинутых пастей. Волки присели на задние лапы и, тяжело дыша, смотрели на Бастинду.

— Бегите на запад! Там найдёте маленькую девчонку, нагло забравшуюся в мою страну, и с ней её спутников. Всех разорвите в клочки!

— Почему ты не возьмёшь их в рабство? — спросил предводитель стаи.

— Девчонка слаба. Её спутники не могут работать: один набит соломой, другой — из железа. И с ними Лев, от которого тоже не жди толку.

Вот как видела Бастинда своим единственным глазом!

Волки помчались.

— В клочки! В клочки! — визжала волшебница вдогонку.

Но Страшила и Железный Дровосек не спали. Они вовремя заметили приближение волков.

— Разбудим Льва,— сказал Страшила.

— Не стоит,— ответил Железный Дровосек.— Это моё дело — управиться с волками. Я им устрою хорошую встречу!

И он вышел вперёд. Когда вожак подбежал к Железному Дровосеку, широко разевая красную пасть, Дровосек взмахнул остро отточенным топором — и голова волка отлетела. Волки бежали вереницей, один за другим; как только следующий бросился на Железного Дровосека, тот был уже наготове с поднятым кверху топором, и голова волка упала наземь.

Сорок свирепых волков было у Бастинды, и сорок раз поднимал Железный Дровосек свой топор. И когда он поднял его в сорок первый раз, ни одного волка не осталось в живых: все они лежали у ног Железного Дровосека.

— Прекрасная битва! — восхитился Страшила.

— Деревья рубить труднее,— скромно ответил Дровосек.

Друзья дождались утра. Проснувшись и увидев кучу мёртвых волков, Элли испугалась. Страшила рассказал о ночной битве, и девочка от всей души благодарила Железного Дровосека. После завтрака вся компания смело двинулась в путь.

Сорок свирепых волков было у Бастинды, и сорок раз поднимал Железный Дровосек свой топор. И когда он поднял его в сорок первый раз, ни одного волка не осталось в живых: все они лежали у ног Железного Дровосека.

Предводитель Летучих Обезьян увидел на ногах Элли серебряные башмачки. Он отпрянул назад и, загораживая Элли от подчинённых, закричал:

— Девочку нельзя трогать! Это Фея!

Старая Бастинда любила понежиться в постели. Она встала поздно и вышла на крыльцо расспросить волков, как они загрызли дерзких путников.

Каков же был её гнев, когда она увидела, что путники продолжают идти, а верные волки лежат мёртвые!

Бастинда свистнула дважды, и в воздухе закружилась стая хищных ворон с железными клювами. Волшебница крикнула:

— Летите к западу! Там чужестранцы! Заклюйте их до смерти! Скорей! Скорей!

Вороны со злобным карканьем понеслись навстречу путникам. Завидев их, Элли перепугалась. Но Страшила сказал:

— С этими управиться — моё дело! Ведь недаром же я воронье пугало! Становитесь сзади меня! — И он нахлобучил шляпу на голову, широко расставил руки и принял вид заправского пугала.

Вороны растерялись и нестройно закружились в воздухе. Но вожак стаи хрипло прокаркал:

— Чего испугались? Чучело набито соломой! Вот я ему задам!

И вожак хотел сесть Страшиле на голову, но тот поймал его за крыло и мигом свернул ему шею. Другая ворона бросилась вслед, и ей также Страшила свернул шею. Сорок хищных ворон с железными клювами было у злой Бастинды, и всем свернул шеи храбрый Страшила и побросал их в кучу.

Путники поблагодарили Страшилу за находчивость и снова двинулись на восток.

Когда Бастинда увидела, что и верные её вороны лежат на земле мёртвой грудой, а путники неустрашимо идут вперёд, её охватили злоба и страх.

— Как! Неужели всего моего волшебного искусства недостанет задержать наглую девчонку и её спутников?!

Бастинда затопала ногами и трижды просвистела в свисток. На её зов слетелась туча свирепых чёрных пчёл, укусы которых были смертельны.

— Летите на запад! — прорычала волшебница.— Найдите там чужестранцев и зажальте до смерти! Быстрей! Быстрей!

И пчёлы с оглушительным жужжанием полетели навстречу путникам. Железный Дровосек и Страшила заметили их издалека. Страшила мигом сообразил, что делать.

— Вытаскивай из меня солому! — закричал он Железному Дровосеку.— Забрасывай Элли, Льва и Тотошку, и пчёлы не доберутся до них!

Он проворно расстегнул кафтан, и из него высыпался целый ворох соломы. Лев, Элли и Тотошка бросились на землю. Дровосек быстро забросал их и выпрямился во весь рост.

Туча пчёл с яростным жужжанием набросилась на Железного Дровосека. Дровосек улыбнулся: пчёлы ломали ядовитые жала о железо и тотчас умирали, так как пчела не может жить без жала. Они падали, на их место налетали другие и также пытались вонзить жала в железное тело Дровосека.

Скоро все пчёлы лежали мёртвыми на земле, как куча чёрных угольков. Лев, Элли и Тотошка вылезли из-под соломы, собрали её и набили Страшилу. Друзья снова двинулись в путь.

Злая Бастинда необыкновенно разгневалась и испугалась, видя, что и верные её пчёлы погибли, а путники идут вперёд и вперёд. Она рвала на себе волосы, скрежетала зубами и от злости долго не могла выговорить ни слова. Наконец волшебница пришла в себя и созвала своих слуг — Мигунов. Бастинда приказала Мигунам вооружиться и уничтожить дерзких путников. Мигуны были не очень-то храбры,— они жалостно замигали, и слёзы покатились у них из глаз, но они не осмелились ослушаться приказа своей повелительницы и начали искать оружие. Но так как им никогда не приходилось воевать (Бастинда впервые обратилась к ним за помощью), то у них не было никакого оружия, и они вооружились кто кастрюлей, кто сковородником, кто цветочным горшком, а некоторые громко хлопали детскими хлопушками.

Когда Лев увидел, как Мигуны осторожно приближаются, прячась друг за друга, подталкивая один другого сзади и боязливо мигая и щурясь, он расхохотался:

— С этими битва будет недолга!

Он выступил вперёд, раскрыл огромную пасть и так рявкнул, что Мигуны побросали горшки, сковородники и хлопушки и разбежались кто куда.

Злая Бастинда позеленела от страха, видя, что путники идут да идут вперёд и уже приближаются к её дворцу.

Пришлось воспользоваться последним волшебным средством, которое у неё оставалось. В потайном дне сундука у Бастинды хранилась Золотая Шапка. Владелец Шапки мог когда угодно вызвать могучее племя Летучих Обезьян и заставить их выполнить любое приказание. Но Шапку можно было употребить только три раза, а Бастинда уже дважды до этого призывала Летучих Обезьян.

В первый раз она с их помощью стала повелительницей страны Мигунов, а во второй раз отбила войска Гудвина Ужасного, который пытался освободить Фиолетовую страну от её власти. Вот почему Гудвин боялся злой Бастинды и послал на неё Элли, надеясь на силу её серебряных башмачков.

Бастинде очень не хотелось пользоваться Шапкой в третий раз: ведь на этом кончалась её волшебная сила. Но у колдуньи уже не было ни волков, ни ворон, ни чёрных пчёл, а Мигуны оказались плохими вояками, и на них нельзя было рассчитывать.

И вот Бастинда достала Шапку, надела на голову и начала колдовать. Она топала ногой и громко выкрикивала волшебные слова:

— Бамбара́, чуфара́, ло́рики, ёрики, пикапу́, трикапу́, ско́рики, мо́рики! Явитесь передо мной, Летучие Обезьяны!

И небо потемнело от стаи Летучих Обезьян, которые неслись ко дворцу Бастинды на своих мощных крыльях. Предводитель стаи подлетел к Бастинде и сказал:

— Ты вызвала нас в третий и последний раз! Что прикажешь сделать?

— Нападите на чужестранцев, забравшихся в мою страну, и уничтожьте всех, кроме Льва! Его я буду запрягать в свою коляску!

— Будет исполнено! — ответил предводитель, и стая с шумом полетела на запад.

ПОБЕДА

Путники с ужасом смотрели на приближение тучи огромных обезьян — с этими сражаться было невозможно.

Обезьяны налетели массой и с визгом набросились на растерянных пешеходов. Ни один не мог прийти на помощь другому, так как всем пришлось отбиваться от врагов.

Железный Дровосек напрасно размахивал топором. Обезьяны облепили его, вырвали топор, подняли бедного Дровосека высоко в воздух и бросили в ущелье, на острые скалы. Железный Дровосек был изуродован, он не мог сдвинуться с места. Вслед за ним в ущелье полетел и топор.

Другая партия обезьян расправилась со Страшилой. Они выпотрошили его, солому развеяли по ветру, а кафтан, голову, башмаки и шляпу свернули в комок и зашвырнули на верхушку высокой горы.

Лев вертелся на месте и от страха так грозно ревел, что обезьяны не решались к нему подступить. Но они изловчились, накинули на Льва верёвки, повалили на землю, опутали лапы, заткнули пасть, подняли на воздух и с торжеством отнесли во дворец Бастинды. Там его посадили за железную решётку, и Лев в ярости катался по полу, стараясь перегрызть путы.

Перепуганная Элли ждала жестокой расправы. На неё бросился сам предводитель Летучих Обезьян и уже протянул к горлу девочки длинные лапы с острыми когтями. Но тут он увидел на ногах Элли серебряные башмачки, и лицо его перекосилось от страха. Он отпрянул назад и, загораживая Элли от подчинённых, закричал:

— Девочку нельзя трогать! Это Фея!

Обезьяны приблизились любезно и даже почтительно, бережно подхватили Элли вместе с Тотошкой и помчались в Фиолетовый дворец Бастинды. Опустившись перед дворцом, предводитель Летучих Обезьян поставил Элли на землю. Взбешённая волшебница набросилась на него с бранью. Предводитель Обезьян сказал:

— Твой приказ исполнен. Мы разбили железного человека и распотрошили чучело, поймали Льва и посадили за решётку. Но мы и пальцем не могли тронуть девочку: ты сама знаешь, какие несчастья грозят тому, кто обидит обладателя серебряных башмачков. Мы принесли её к тебе: делай с ней что хочешь! Прощай навсегда!

Обезьяны с криком поднялись в воздух и улетели.

Бастинда взглянула на ноги Элли и задрожала от страха: она узнала серебряные башмачки Гингемы.

«Как они к ней попали? — растерянно думала Бастинда.— Неужели хилая девчонка осилила могущественную Гингему, повелительницу Жевунов? И всё же на ней башмачки! Плохо моё дело: ведь я пальцем не могу тронуть маленькую нахалку, пока на ней волшебные башмачки».

Она крикнула:

— Эй, ты! Иди сюда! Как тебя зовут?

Девочка подняла на злую волшебницу глаза, полные слёз:

— Элли, сударыня!

— Расскажи, как ты завладела башмаками моей сестры Гингемы! — сурово крикнула Бастинда.

Элли густо покраснела.

— Право, сударыня, я не виновата. Мой домик упал на госпожу Гингему и раздавил её...

— Гингема погибла...— прошептала злая волшебница.

Бастинда не любила сестру и не видела её много лет. Она испугалась, что девочка в серебряных башмачках принесёт гибель и ей. Но, поглядев на доброе лицо Элли, Бастинда успокоилась.

«Она ничего не знает о таинственной силе башмаков,— решила волшебница.— Если мне удастся завладеть ими, я стану могущественней, чем прежде, когда у меня были волки, вороны, чёрные пчёлы и Золотая Шапка».

Глаза старухи заблестели от жадности, и пальцы скрючились, как будто уже стаскивали с Элли башмаки.

— Слушай меня, девчонка Элли! — хрипло прокаркала она.— Я буду держать тебя в рабстве и, если будешь плохо работать, побью тебя большой палкой и посажу в тёмный подвал, где крысы — огромные жадные крысы! — съедят тебя и обгложут твои нежные косточки! Хи-хи-хи! Понимаешь ты меня?

— О, сударыня! Не отдавайте меня крысам! Я буду слушаться!

Элли не помнила себя от страха.

В это время Бастинда заметила Тотошку, который робко жался у ног Элли.

— Это ещё что за зверь? — сердито спросила злая волшебница.

— Это моя собачка Тотошка,— боязливо ответила Элли.— Она — хорошая и очень любит меня...

— Гм... гм...— проворчала волшебница.— Никогда не видела таких зверей. И вот мой приказ: пусть эта собачка, как ты её называешь, держится от меня подальше, а не то она первая попадёт в подвал к крысам! А сейчас идите за мной!

Бастинда повела пленников через прекрасные комнаты дворца, где всё было фиолетовое: и стены, и ковры, и мебель — и где у дверей в лиловых кафтанах стояли Мигуны, кланяясь до полу при появлении волшебницы и жалостно мигая ей вслед. Наконец Бастинда привела Элли в тёмную грязную кухню.

— Ты будешь чистить горшки, сковородки и кастрюли, мыть пол и топить печку! Моей кухарке уже давно нужна помощница!

И, оставив девочку, полуживую от испуга, Бастинда отправилась на задний двор, потирая руки.

— Я хорошо напугала девчонку! Теперь усмирю Льва, и оба будут у меня в руках!

Трусливый Лев уже успел перегрызть верёвки и лежал в дальнем углу клетки. Когда он увидел Бастинду, его жёлтые глаза загорелись злобным огнём.

«Ах, как жаль, что у меня ещё нет смелости,— подумал он.— Уж отплатил бы я старой ведьме за гибель Страшилы и Железного Дровосека». И он сжался в комок, готовясь к прыжку.

Старуха вошла через маленькую дверь.

— Эй ты, Лев, слушай! — прошамкала она.— Ты мой пленник! Я буду запрягать тебя в коляску и кататься по праздникам, чтобы Мигуны говорили:

«Смотрите, какая могущественная наша повелительница Бастинда — она сумела запрячь даже Льва!»

Пока Бастинда болтала, Лев разинул пасть, ощетинил гриву и прыгнул на волшебницу, проревев:

— Я тебя съем!

Он на волосок не достал до Бастинды. Перепуганная старуха пулей вылетела из клетки и проворно захлопнула дверцу. Тяжело дыша с перепугу, она крикнула через прутья решётки:

— Ах ты проклятый! Ты ещё не знаешь меня! Я заморю тебя голодом, если не согласишься ходить в упряжке!

— Я тебя съем! — повторил Лев и яростно бросился к решётке.

Старуха затрусила во дворец, ворча и ругаясь.

...Потянулись скучные, тяжёлые дни рабства. Элли с утра и до вечера работала на кухне, помогая кухарке Фрегозе. Добрая Мигунья старалась помочь девочке и при удобном случае с радостью выполняла за неё самую трудную работу. Но Бастинда зорко следила за тем, что делается на кухне, и Фрегозе то и дело попадало за её доброту.

Бастинда жестоко придиралась к Элли и часто замахивалась на девочку грязным лиловым зонтиком, который всегда таскала с собой. Элли не знала, что волшебница не может ударить её, и сердце девочки сжималось, когда зонтик поднимался над её головой.

Каждый день старуха подходила к решётке и визгливо спрашивала Льва:

— Пойдёшь в упряжке?

— Я тебя съем! — был постоянный ответ, и Лев грозно бросался на прутья решётки.

Бастинда с первого дня плена не давала Льву есть, но он не умирал с голоду и был силён и крепок, как всегда.

Дело в том, что старая Бастинда больше всего на свете боялась темноты и воды. Как только ночная темнота окутывала дворец, Бастинда пряталась в самой дальней комнате, запирала двери прочными железными засовами и не выходила до позднего утра. А Элли совсем не боялась темноты. Она вытаскивала из кухонного шкафа всё съестное, что там оставалось, а о том, чтобы там побольше оставалось еды, заботилась Фрегоза. Держа в одной руке корзинку с провизией, а в другой большую бутыль с водой, Элли отправлялась на задний двор. Там её с восторгом встречали Лев и Тотошка.

Элли и Тотошка очень испугались угрозы Бастинды отдать пёсика на съедение крысам, и Тотошка с первого же дня плена переселился за решётку, под защиту Льва. Он знал, что оттуда Бастинда его не достанет, и безнаказанно лаял на злую волшебницу, когда она появлялась на дворе.

Элли пролезала в клетку между двумя прутьями, Лев и Тотошка набрасывались на принесённую еду и питьё. Потом Лев укладывался поудобнее, девочка гладила его густую мягкую шерсть и играла кисточкой его хвоста. Элли, Лев и Тотошка долго разговаривали: с грустью вспоминали про гибель верных друзей — Страшилы и Железного Дровосека, строили планы побега. Но убежать из Фиолетового дворца было невозможно: его окружала высокая стена с острыми гвоздями наверху. Ворота Бастинда запирала, а ключи уносила с собой.

Поговорив и поплакав, Элли крепко засыпала на соломенной подстилке под надёжной охраной Льва.

Так шли тоскливые дни плена. Бастинда с жадностью смотрела на серебряные башмачки Элли, которые девочка снимала только ночью, в клетке Льва, или когда купалась. Но Бастинда боялась воды и никогда не подходила в это время к Элли.

Девочка с первых же дней заметила эту странную водобоязнь волшебницы и пользовалась ею. Для Элли были праздниками те дни, когда Бастинда заставляла её мыть кухню. Разлив по полу несколько вёдер воды, девочка уходила в клетку к Льву и там три-четыре часа отдыхала от тяжёлой работы. Бастинда визгливо кричала и ругалась за дверью, но стоило ей заглянуть в кухню и увидеть на полу лужи, она в ужасе убегала к себе в спальню, провожаемая насмешливыми улыбками Фрегозы.

Элли часто беседовала с доброй кухаркой.

— Почему вы, Мигуны, не восстанете против Бастинды? — спрашивала девочка.— Вас так много, целые тысячи, а вы боитесь одной злой старухи. Накинулись бы на неё целой кучей, связали и посадили бы в железную клетку, туда, где сейчас Лев...

— Что ты, что ты! — с ужасом отмахивалась Фрегоза.— Ты не знаешь могущества Бастинды! Ей достаточно будет сказать одно слово, и все Мигуны повалятся мёртвыми!

— Откуда вы это знаете?

— Да нам сама Бастинда сколько раз об этом говорила.

— Почему же она не сказала такого слова, когда мы шли к её дворцу? Почему она посылала на нас волков, ворон, чёрных пчёл, а когда мои храбрые друзья уничтожили всё её воинство, Бастинде пришлось обратиться за помощью к Летучим Обезьянам?

— «Почему, почему»! — сердилась Фрегоза.— Вот за такие речи Бастинда нас испепелит.

— А как она узнает?

— Да уж так! От неё ничего не скроется!..

Но беседы повторялись не раз. Бастинда о них не знала, и Фрегоза становилась смелее. Она уже охотно соглашалась с Элли, что Мигуны должны освободиться от владычества злой волшебницы.

Но прежде чем решиться на что-нибудь, кухарка задумала поточнее узнать, какое волшебство ещё осталось у Бастинды. По вечерам она подкрадывалась к дверям её спальни и подслушивала ворчание старухи, которая в последнее время стала часто разговаривать сама с собой.

Однажды Фрегоза прибежала от двери Бастинды крайне взволнованная и, не найдя Элли в кухне, устремилась на задний двор. Вся компания уже спала, но кухарка разбудила друзей.

— Элли, ты была права! — кричала Фрегоза, размахивая руками.— Оказывается, Бастинда исчерпала все свои волшебства и у неё ничего не осталось в запасе! Я слышала, как она причитала и проклинала твоих друзей за то, что они лишили её волшебной силы...

Девочка и её друзья необычайно обрадовались и начали расспрашивать Фрегозу о подробностях. Но кухарка мало что могла добавить. Она только ещё рассказала, что Бастинда что-то толковала о серебряных башмачках, но что именно — этого Мигунья не дослушала, так как от волнения стукнулась лбом о дверь и убежала, боясь, что волшебница захватит её на месте преступления.

Важная новость, принесённая Фрегозой, ободрила пленников. Теперь у них появилась возможность выполнить приказ Гудвина и освободить Мигунов.

— Откройте только мне клетку,— зарычал Лев,— и увидите, как я расправлюсь с Бастиндой!

Но клетка была закрыта на огромный замок, а ключ от него хранился у Бастинды в тайнике. Посовещавшись, друзья решили, что Фрегоза должна подготовить к восстанию слуг. Они захватят волшебницу врасплох и лишат её свободы и власти.

Фрегоза ушла, а Элли и её друзья не спали почти всю ночь, разговаривая о предстоящей борьбе с Бастиндой.

На следующий день кухарка принялась за дело. Слуги были очень запуганы Бастиндой, и нелегко было уговорить их выступить против волшебницы. Однако Фрегоза сумела убедить кое-кого из дворцовой охраны, и посвящённые в заговор Мигуны стали готовиться.

Но тут непредвиденный случай привёл к быстрой и неожиданной развязке.

Бастинда не оставляла мысли о том, что ей необходимо завладеть серебряными башмачками Элли. Для волшебницы это была единственная возможность сохранить свою власть над Фиолетовой страной. И наконец Бастинда придумала.

Однажды, когда ни Фрегозы, ни Элли не было на кухне, волшебница туго натянула над полом тонкую верёвочку и спряталась за печью.

Девочка вошла, споткнулась о верёвочку и упала; башмачок с правой ноги слетел и откатился в сторону. Хитрая Бастинда выскочила из-за печки, мигом схватила башмачок и надела на свою старую, высохшую ногу.

— Хи-хи-хи! А башмачок-то на мне! — дразнила Бастинда девочку, онемевшую от неожиданности.

— Отдайте башмачок! — закричала Элли, придя в себя.— Ах вы воровка! Как вам не стыдно!

— Попробуй отбери! — кривляясь, отвечала старуха.— Я и второй с тебя тоже сниму! А уж потом, будь спокойна, отомщу тебе за Гингему! Тебя съедят крысы — хи-хи-хи, огромные жадные крысы! — сгложут твои нежные косточки!

Элли была вне себя от горя и гнева: она так любила серебряные башмачки! Чтобы хоть как-нибудь отплатить Бастинде, Элли схватила ведро воды, подбежала к старухе и окатила её водой с головы до ног.

Волшебница испуганно вскрикнула и пыталась отряхнуться. Напрасно: лицо её стало ноздреватым, как тающий снег; от неё повалил пар; фигура начала оседать и испаряться...

— Что ты наделала! — завизжала волшебница.— Ведь я сейчас растаю!

— Мне очень жаль, сударыня! — ответила Элли.— Я, право, не знала. Но зачем вы украли башмачок?

— Пятьсот лет я не умывалась, не чистила зубы, пальцем не прикасалась к воде, потому что мне была предсказана смерть от воды, и вот пришёл мой конец! — завыла старуха.

Голос волшебницы становился тише и тише; она таяла, как кусок сахара в стакане чая.

Элли с ужасом глядела на гибель Бастинды.

— Вы сами виноваты...— начала она.

— Нет, кто тебя надоу... ффффф...

Голос волшебницы прервался, она с шипеньем осела на пол, и через минуту от неё осталась только грязноватая лужица, в которой лежали платье волшебницы, зонтик, пряди седых волос и серебряный башмачок.

В этот момент в кухню вернулась Фрегоза. Кухарку очень удивила и обрадовала гибель её жестокой госпожи. Она подобрала зонтик, платье и волосы и бросила в угол, чтобы потом сжечь их. Вытерев грязную лужу на полу, Фрегоза побежала по дворцу — рассказать всем радостную весть...

А Элли вычистила и надела башмачок, нашла ключ от клетки Льва в спальне Бастинды и поспешила на задний двор — рассказать своим друзьям об удивительном конце злой волшебницы Бастинды.

КАК ВЕРНУЛИСЬ К ЖИЗНИ СТРАШИЛА И ЖЕЛЕЗНЫЙ ДРОВОСЕК

Трусливый Лев страшно обрадовался, услышав о неожиданной гибели Бастинды. Элли открыла клетку, и он с наслаждением пробежался по двору, разминая лапы.

Тотошка явился на кухню, чтобы своими глазами посмотреть на останки страшной Бастинды.

— Ха-ха-ха! — восхитился Тотошка, увидев в углу свёрток грязного платья.— Оказывается, Бастинда была не крепче тех снежных баб, каких у нас мальчишки лепят зимой в Канзасе. И как жаль, что ты, Элли, не догадалась об этом раньше.

— И хорошо, что я не догадалась,— возразила Элли.— А то вряд ли у меня хватило бы духу облить волшебницу, если бы я знала, что от этого она умрёт...

— Ну, всё хорошо, что хорошо кончается,— весело согласился Тотошка,— важно то, что мы вернёмся в Изумрудный город с победой!

Возле Фиолетового дворца собралось множество Мигунов из окрестностей, и Элли объявила им, что отныне они свободны. Радость народа была неописуема. Мигуны приплясывали, щёлкали пальцами и так усердно подмигивали друг другу, что к вечеру у них заслезились глаза и они уже ничего не видели вокруг себя.

Освободившись от рабства, Элли и Лев прежде всего подумали о Страшиле и Железном Дровосеке: надо было позаботиться о спасении верных друзей.

Несколько десятков расторопных Мигунов немедленно отправились на розыски под предводительством Элли и Льва. Они шли, пока не добрались до места битвы с Летучими Обезьянами, и там начали поиски. Железного Дровосека вытащили из ущелья вместе с его топором. Узелок с платьем и голову Страшилы, полинявшую и занесённую пылью, нашли на верхушке горы. Элли не могла удержаться от слёз при виде жалких останков своих верных друзей.

Экспедиция вернулась во дворец, и Мигуны принялись за дело.

Костюм Страшилы был вымыт, зашит, почищен, набит свежей соломой, и — вот, пожалуйста! — перед Элли стоял её милый Страшила. Но он не мог ни говорить, ни видеть, потому что краска на его лице выгорела от солнца и у него не было ни глаз, ни рта.

Мигуны принесли кисточку и краски, и Элли начала подрисовывать Страшиле глаза и рот. Как только начал появляться первый глаз, он тотчас весело подмигнул девочке.

— Потерпи, дружок,— ласково сказала Элли,— а то останешься с косыми глазами...

Но Страшила просто не в силах был терпеть. Ещё рот его не был окончен, а он уже заболтал:

— Пршт... Фршт... Стрш... прыбры... хрыбры... Я Страшила, храбрый, ловкий... Ах, какая радость! Я снова-снова с Элли!

Весёлый Страшила обнимал своими мягкими руками Элли, Льва и Тотошку...

Элли спросила Мигунов, нет ли среди них искусных кузнецов. Оказалось, что страна исстари славилась замечательными часовыми мастерами, ювелирами, механиками. Узнав, что дело идёт о восстановлении железного человека, товарища Элли, Мигуны уверили её, что каждый из них готов сделать всё для Феи Спасительной Воды — так они прозвали девочку.

Восстановить Дровосека оказалось далеко не так просто, как Страшилу. Искуснейшие мастера страны три дня и четыре ночи работали над его исковерканным сложным механизмом. Они стучали молотками, пилили напильниками, склёпывали, паяли, полировали...

И вот настал счастливый момент, когда Железный Дровосек стоял перед Элли. Он был совсем как новенький, если не считать нескольких заплаток, наложенных там, где железо пробилось о скалы насквозь. Но Дровосек не обращал внимания на заплатки.

После починки он стал ещё красивее. Мигуны отшлифовали его, и он так блестел, что на него больно было глядеть. Они починили и его топор и вместо поломанного деревянного топорища сделали золотое. Мигуны вообще любили всё блестящее. Потом за Железным Дровосеком ходили толпы ребятишек и взрослых и, мигая, таращили на него глаза.

Слёзы радости полились из глаз Железного Дровосека, когда он вновь увидел друзей. Страшила и Элли вытирали ему слёзы лиловым полотенцем, боясь, как бы не заржавели его челюсти. Элли плакала от радости, и даже Трусливый Лев прослезился. Он так часто вытирал глаза хвостом, что кисточка на конце его промокла: Льву пришлось бежать на задний двор и сушить хвост на солнышке.

По случаю всех этих радостных событий во дворце был устроен весёлый пир. Элли и её друзья сидели на почётных местах, и за их здоровье было выпито множество бокалов лимонада и фруктового кваса.

Один из пирующих предложил, чтобы отныне в честь Феи Спасительной Воды каждый Мигун умывался пять раз в день; после долгих споров согласились, что трёх раз будет достаточно.

Друзья провели ещё несколько весёлых дней в Фиолетовом дворце среди Мигунов и начали собираться в обратный путь.

— Надо идти к Гудвину: он должен исполнить свои обещания,— сказала Элли.

Мигуны принесли кисточку и краски, и Элли начала подрисовывать Страшиле глаза и рот. Как только начал появляться первый глаз, он тотчас весело подмигнул девочке.

— Что прикажете, владетельница Золотой Шапки?
— Отвезите нас в Изумрудный город!
— Будет исполнено!
Один миг — и путники очутились высоко в воздухе.

— О, наконец-то я получу мои мозги! — крикнул Страшила.

— А я сердце! — молвил Железный Дровосек.

— А я смелость! — рявкнул Трусливый Лев.

— А я вернусь к папе с мамой в Канзас! — сказала Элли и захлопала в ладоши.

— И там я проучу этого хвастунишку Гектора,— добавил Тотошка.

Утром они собрали Мигунов и сердечно распрощались с ними.

Из толпы вышли три седобородых старика, обратились к Железному Дровосеку и почтительно просили его стать правителем их страны. Мигунам ужасно нравился ослепительно блестевший Железный Дровосек, его стройная осанка, когда он величественно шёл с золотым топором на плече.

— Оставайтесь с нами! — просили его Мигуны.— Мы так беспомощны и робки. Нам нужен государь, который мог бы защитить нас от врагов. Вдруг на нас нападёт какая-нибудь злая волшебница и снова поработит нас! Мы очень просим вас!

При одной мысли о злой волшебнице Мигуны взвыли от ужаса.

— Нет больше злых волшебниц в стране Гудвина! — с гордостью возразил Страшила.— Мы с Элли истребили их всех!

Мигуны вытерли слёзы и продолжали:

— Подумайте и о том, как удобен такой правитель: он не ест, не пьёт и, значит, не будет обременять нас налогами. И если он пострадает в битве с врагами, мы сможем починить его: у нас уже есть опыт.

Железный Дровосек был польщён.

— Сейчас я не могу расстаться с Элли,— сказал он.— И мне нужно получить в Изумрудном городе сердце. Но потом... я подумаю и, может быть, вернусь к вам.

Мигуны обрадовались и весёлыми криками «ура» проводили путников.

Вся компания получила богатые подарки. Элли поднесли браслет с алмазами. Железному Дровосеку сделали красивую золотую маслёнку, отделанную драгоценными камнями. Страшиле, зная, что он нетвёрд на ногах, Мигуны подарили великолепную трость с набалдашником из слоновой кости, а к шляпе его подвесили серебряные бубенчики чудесного тона. Страшила чрезвычайно возгордился подарками. При ходьбе он далеко откидывал в сторону руку с тростью и тряс головой, чтобы вдоволь насладиться мелодичным перезвоном бубенчиков. Впрочем, ему это скоро надоело, и он стал вести себя по-прежнему просто.

Лев и Тотошка получили чудесные золотые ошейники. Льву ошейник сначала не понравился, но кто-то из Мигунов сказал ему, что все цари носят золотые ошейники, и тогда Лев примирился с этим неприятным украшением.

— Когда я получу смелость,— сказал Лев,— я стану царём зверей, значит, мне надо заранее привыкать к этой противной штуке...

ВОЗВРАЩЕНИЕ В ИЗУМРУДНЫЙ ГОРОД

Фиолетовый город Мигунов остался позади. Путники шли на запад. Элли была в Золотой Шапке. Девочка случайно нашла Шапку в комнате Бастинды. Она не знала её волшебной силы, но Шапка понравилась девочке, и Элли надела её.

Они шли весело и надеялись в два-три дня добраться до Изумрудного города. Но в горах, где они сражались с Летучими Обезьянами, путники заблудились: сбившись с пути, они пошли в другую сторону.

Дни проходили за днями, а башни Изумрудного города не показывались на горизонте.

Провизия была на исходе, и Элли с беспокойством думала о будущем.

Однажды, когда путники отдыхали, девочка внезапно вспомнила о свистке, подаренном ей королевой-мышью.

— Что, если я свистну?

Элли поднесла свисток к губам. В траве послышался шорох, и на поляну выбежала королева полевых мышей.

— Добро пожаловать! — радостно крикнули путники, а Дровосек ухватил неугомонного Тотошку за ошейник.

— Что вам угодно, друзья мои? — спросила королева Рамина своим тоненьким голоском.

— Мы возвращаемся в Изумрудный город из страны Мигунов и заблудились,— сказала Элли.— Помогите нам найти дорогу!

— Вы идёте в обратную сторону,— сказала мышь.— Скоро перед вами откроется горная цепь, окружающая страну Гудвина. И отсюда до Изумрудного города много-много дней пути.

Элли опечалилась.

— А мы думали, что скоро увидим Изумрудный город.

— О чём может печалиться человек, у которого на голове Золотая Шапка? — с удивлением спросила королева-мышь. Она хоть и была мала ростом, но принадлежала к семейству фей и знала употребление всяких волшебных вещей.— Вызовите Летучих Обезьян, и они перенесут вас, куда нужно.

Услышав о Летучих Обезьянах, Железный Дровосек затрясся, а Страшила съёжился от ужаса. Трусливый Лев замахал косматой гривой:

— Опять Летучие Обезьяны? Благодарю покорно!

Я с ними достаточно знаком, и по мне — эти твари хуже саблезубых тигров!

Рамина рассмеялась:

— Обезьяны послушно служат владетелю Золотой Шапки. Посмотрите на подкладку: там написано, что нужно делать.

Элли заглянула внутрь.

— Мы спасены, друзья мои! — весело вскричала она.

— Я удаляюсь,— с достоинством сказала королева-мышь.— Наш род не в ладу с родом Летучих Обезьян. До свиданья!

— До свиданья! Спасибо! — прокричали путники, и Рамина исчезла.

Элли начала говорить волшебные слова, написанные на подкладке:

— Бамбара́, чуфара́, ло́рики, ёрики...

— Бамбара́, чуфара́?..— с удивлением переспросил Страшила.

— Ах, пожалуйста, не мешай,— попросила Элли и продолжала: — Пикапу́, трикапу́, ско́рики, мо́рики...

— Ско́рики, мо́рики...— прошептал Страшила.

— Явитесь передо мной, Летучие Обезьяны! — громко закончила Элли, и в воздухе зашумела стая Летучих Обезьян.

Путники невольно пригнули головы к земле, вспоминая прошлую встречу с обезьянами. Но стая тихонько опустилась, и предводитель почтительно поклонился Элли.

— Что прикажете, владетельница Золотой Шапки?

— Отвезите нас в Изумрудный город!

— Будет исполнено!

Один миг — и путники очутились высоко в воздухе. Элли несли предводитель Летучих Обезьян и его жена; Страшила и Железный Дровосек сидели верхом;

Льва подхватили несколько сильных обезьян; молоденькая обезьянка тащила Тотошку, а пёсик лаял на неё и старался укусить. Сначала путникам было страшно, но скоро они успокоились, видя, как свободно чувствуют себя обезьяны в воздухе.

— Почему вы повинуетесь владетелю Золотой Шапки? — спросила Элли.

Предводитель Летучих Обезьян рассказал Элли историю о том, как много веков назад племя Летучих Обезьян обидело могущественную фею. В наказание фея сделала волшебную Шапку. Летучие Обезьяны должны выполнить три желания владельца Шапки, и после этого он не имеет над ними власти. Но если Шапка переходит к другому, этот может снова приказывать обезьяньему племени. Первой владетельницей Золотой Шапки была фея, которая её сделала. Потом Шапка много раз переходила из рук в руки, пока не попала к злой Бастинде, а от неё к Элли.

Через час показались башни Изумрудного города, и обезьяны бережно опустили Элли и её спутников у самых ворот, на дорогу, вымощенную жёлтым кирпичом.

Стая взвилась в воздух и с шумом скрылась.

Элли позвонила. Вышел Фарамант и страшно удивился:

— Вы вернулись?

— Как видите! — с достоинством сказал Страшила.

— Но ведь вы отправились к злой волшебнице Фиолетовой страны?!

— Мы были у неё,— ответил Страшила и важно стукнул тростью по земле.— Правда, нельзя похвастать, что мы там весело провели время.

— И вы ушли из Фиолетовой страны без разрешения Бастинды? — допытывался удивлённый привратник.

— А мы не спрашивали у неё разрешения! — продолжал Страшила.— Вы знаете, она ведь растаяла!

— Как? Растаяла?! Прекрасное, восхитительное известие! Но кто же её растопил?

— Элли, конечно! — важно сказал Лев.

Страж Ворот низко поклонился Элли, повёл путников в свою комнату и вновь надел на них уже знакомые им очки. И снова всё волшебно преобразилось вокруг, всё засияло мягким зелёным светом.

РАЗОБЛАЧЕНИЕ ВЕЛИКОГО И УЖАСНОГО

Путники направились знакомыми улицами к дворцу Гудвина. По дороге Фарамант не утерпел и сообщил кое-кому из жителей о гибели страшной Бастинды. Весть быстро распространилась по городу, и скоро за Элли и её друзьями до самого дворца шла большая толпа почтительных зевак.

Зеленобородый Солдат был на посту и, как всегда, смотрелся в зеркальце и расчёсывал свою великолепную бороду. На этот раз толпа собралась такая большая и кричала так громко, что привлекла внимание Солдата не больше, чем через десять минут. Дин Гиор очень обрадовался возвращению путников из опасного похода, вызвал зелёную девушку, и та отвела их в прежние комнаты.

— Пожалуйста, доложите Великому Гудвину о нашем возвращении,— сказала Элли Солдату,— и передайте, что мы просим нас принять...

Через несколько минут Солдат вернулся и сказал:

— Я громко изложил вашу просьбу у дверей тронного зала, но не получил от Великого Гудвина никакого ответа...

Солдат каждый день являлся к дверям тронного зала и докладывал о желании путников видеть Гудвина, и каждый раз ответом была гробовая тишина.

Прошла неделя. Ожидание стало невыносимо томительным. Путники рассчитывали встретить во дворце Гудвина горячий приём. Равнодушие Волшебника пугало и раздражало их.

— Уж не умер ли он? — задумчиво говорила Элли.

— Нет, нет! Он просто не хочет выполнять своих обещаний и прячется от нас! — возмущался Страшила.— Конечно, ему жаль мозгов, и сердца, и смелости — ведь это всё ценные вещи. Но не надо было посылать нас к злой волшебнице Бастинде, которую мы так храбро уничтожили.

Разгневанный Страшила объявил Солдату:

— Скажите Гудвину: если он нас не примет, мы вызовем Летучих Обезьян. Скажите Гудвину, что мы — их хозяева, мы владеем Золотой Шапкой — пикапу́, трикапу́,— и когда сюда явятся Летучие Обезьяны, мы с ним поговорим.

Дин Гиор ушёл и очень скоро вернулся.

— Гудвин Ужасный примет вас всех завтра ровно в десять часов утра в тронном зале. Просьба — не опаздывать! И знаете что,— тихонько прошептал он на ухо Элли,— он, кажется, испугался. Ведь он имел дело с Летучими Обезьянами и знает, что это за звери.

Путешественники провели тревожную ночь и утром, в назначенное время, собрались перед дверью тронного зала.

Дверь открылась, и они вступили в зал. Каждый ожидал встретить Гудвина в том виде, в каком он показывался им в первый раз. Но они удивились, увидев, что в зале не было никого. Там царила торжественная и жуткая тишина, и путников охватил страх: что готовит им Гудвин?

Они вздрогнули, как от внезапного удара грома, когда среди пустой комнаты заговорил голос:

— Я — Гудвин, Великий и Ужасный! Зачем вы беспокоите меня?

Элли и её друзья посмотрели вокруг — никого не было видно.

— Где вы? — дрожащим голосом спросила Элли.

— Я — везде! — торжественно отвечал голос.— Я могу принимать любой образ и становлюсь невидимым, когда захочу. Подойдите к трону, я буду говорить с вами!

Путники сделали несколько шагов вперёд. Все ужасно боялись, кроме Железного Дровосека и Тотошки. Железный Дровосек не имел сердца, а Тотошка не понимал, как можно бояться голосов.

— Говорите! — послышался голос.

— Великий Гудвин, мы пришли просить вас исполнить ваши обещания!

— Какие обещания? — спросил голос.

— Вы обещали отправить меня в Канзас, к папе и маме, когда Мигуны будут освобождены от власти Бастинды.

— А мне вы обещали дать мозги!

— А мне сердце!

— А мне смелость!

— Но разве Мигуны действительно стали свободными? — спросил голос, и Элли показалось, что он задрожал.

— Да! — ответила девочка.— Я облила злую Бастинду водой, и она растаяла!

— Доказательства, доказательства! — настойчиво сказал голос.

— Пикапу́, трикапу́! — воскликнул Страшила.— Разве вы, который везде, не видите на голове у Элли Золотую Шапку? Или вы хотите, чтобы мы для доказательства вызвали Летучих Обезьян, бамбара́, чуфара́?!

— О, нет, нет, я вам верю! — поспешно перебил голос.— Но как это неожиданно!.. Хорошо, приходите послезавтра, я подумаю о ваших просьбах!

— Было время думать, скóрики, мóрики! — заорал разъярённый Страшила.— Мы ждали приёма целую неделю!

— Не хотим больше ждать ни одного дня! — энергично поддержал товарища Железный Дровосек, а Лев так рявкнул, что огромный зал наполнился гулом, в котором потонул чей-то испуганный возглас.

Когда смолкли отзвуки Львиного рёва, наступило молчание. Элли и её товарищи ждали, как ответит Гудвин на их смелый вызов. В это время Тотошка усиленно нюхал воздух и вдруг с лаем бросился в дальнюю часть комнаты. Мгновение — и он скрылся из глаз. Удивлённой Элли показалось, что пёсик проскочил сквозь стену. Но тотчас же из стены, нет, из-за зелёной ширмочки, сливавшейся со стеной, с криком выскочил маленький человечек:

— Уберите собаку! Она укусит меня! Кто разрешил приводить в мой дворец собак?

Путешественники с недоумением смотрели на человечка. Ростом он был не выше Элли, но уже старый, с большой головой и морщинистым лицом. На нём был пёстрый жилет, полосатые брюки и длинный сюртук. В руке у него был длинный рупор, и он испуганно отмахивался им от Тотошки, который выскочил из-за ширмочки и старался укусить его за ногу.

Железный Дровосек с топором на плече стремительно шагнул навстречу незнакомцу.

— Кто вы такой? — сурово спросил он.

— Я — Гудвин, Великий и Ужасный,— дрожащим голосом ответил человечек.— Но, пожалуйста, пожалуйста, не трогайте меня! Я сделаю всё, что вы от меня потребуете!

Путники переглядывались с необыкновенным удивлением и разочарованием.

— Но я думала, что Гудвин — это Живая Голова,— сказала Элли.

— А я думал, что Гудвин — Морская Дева,— сказал Страшила.

— А я думал, что Гудвин — страшный зверь,— сказал Дровосек.

— А я думал, что Гудвин — Огненный Шар,— сказал Лев.

— Всё это верно, и все вы ошибаетесь,— мягко сказал незнакомец.— Это только маски.

— Как маски?! — вскричала Элли.— Разве вы не Великий Волшебник?

— Тише, дитя моё! — сказал Гудвин.— Обо мне составилось мнение, что я Великий Волшебник.

— А на самом деле?

— На самом деле... увы, на самом деле я обыкновенный человек, дитя моё!

Слёзы покатились из глаз Элли от разочарования и обиды.

Железный Дровосек тоже готов был зарыдать, но вовремя вспомнил, что при нём нет маслёнки.

Рассерженный Страшила вскричал:

— Я скажу, кто вы такой, если вы этого не знаете! Вы обманщик, пикапу́, трикапу́!

— Совершенно верно,— отвечал человечек, ласково улыбаясь и потирая руки.— Я — Великий и Ужасный Обманщик!

— Но как же теперь быть? — сказал Железный Дровосек.— От кого же я получу сердце?

— А я мозги? — спросил Страшила.

— А я смелость? — спросил Лев.

— Друзья мои! — сказал Гудвин.— Не говорите о пустяках. Подумайте, какое ужасное существование я веду в этом дворце!

— Вы ведёте ужасное существование? — удивилась Элли.

— Да, дитя моё! — вздохнул Гудвин.— Заметьте: никто, никто в мире не знает, что я — Великий Обманщик, и мне многие годы приходится хитрить, скрываться и всячески дурачить людей. А вы знаете, это не лёгкое занятие — морочить людям головы.

И к несчастью, это всегда раскрывается. Вот вы разоблачили меня, и, по правде сказать,— он вздохнул,— я рад этому! Конечно, я ошибся, впустив вас сюда всех вместе, да ещё с этой проклятой собачонкой...

— Но-но-но, поосторожнее! — сказал Тотошка, оскалив зубы.

— Прошу прощения,— поклонился Гудвин,— я не хотел оскорбить вас... Да, так на чём я остановился? Ага, вспомнил... Я впустил вас всех потому, что очень испугался Летучих Обезьян.

— Но я ничего не понимаю! — сказала Элли.— Как же я тогда видела вас в образе Живой Головы?

— Это очень просто! — ответил Гудвин.— Идите за мной, и вы поймёте.

Он провёл их через потайную дверь в кладовую позади тронного зала. Там они увидели Живую Голову, Морскую Деву, зверя, фантастических птиц и рыб. Всё это было сделано из бумаги, картона, папье-маше и искусно раскрашено.

— Вот формы, которые может принимать Гудвин, Великий и Ужасный! — смеясь, сказал разоблачённый Волшебник.— Как видите, выбор достаточно хорош и сделает честь любому цирку!

Лев подошёл к Голове и сердито ударил её лапой. Голова покатилась по полу, кувыркаясь и свирепо вращая глазами. Испуганный Лев отскочил с рычанием.

— Самое трудное,— вздыхая, сказал Гудвин,— управлять глазами. Я тянул их из-за ширмы за ниточки, но глаза вечно смотрели не туда, куда нужно. Ты, может быть, заметила это, дитя моё?

— Меня это поразило,— ответила Элли,— но я была так напугана, что не понимала, в чём дело.

— Я на испуг-то и рассчитывал,— признался Гудвин.— Если мои превращения и не всегда бывали удачны, всё же страх посетителей не давал им заметить недостатки.

— А Огненный Шар? — вскричал Лев.

— Ну, вас-то я боялся больше всех, а потому сделал шар из ваты, пропитал спиртом и зажёг. Недурно горело, а?

Лев с презрением отвернулся от Великого Обманщика.

— Как вам не стыдно дурачить людей? — спросил Страшила.

— Сначала было стыдно, а потом привык,— ответил Гудвин.— Идёмте в тронный зал, я расскажу вам свою историю.

ИСТОРИЯ ГУДВИНА

Гудвин усадил гостей в мягкие кресла и начал:

— Зовут меня Джемс Гудвин. Родился я в Канзасе...

— Как?! — удивилась Элли.— И вы из Канзаса?

— Да, дитя моё! — вздохнул Гудвин.— Мы с тобой земляки. Я покинул Канзас много-много лет назад. Твоё появление растрогало и взволновало меня, но я боялся разоблачения и послал тебя к Бастинде.— Он со стыдом опустил голову.— Впрочем, я надеялся, что серебряные башмачки защитят тебя, и, как видишь, не ошибся... Но вернёмся к моей истории. В молодости я был актёром, играл царей и героев. Убедившись, что это занятие даёт мало денег, я стал баллонистом...

— Кем? — не поняла Элли.

— Бал-ло-ни-стом. Я поднимался на баллоне, то есть на воздушном шаре, наполненном лёгким газом. Я это делал для потехи толпы, разъезжая по ярмаркам. Свой баллон я всегда привязывал верёвкой. Однажды верёвка оборвалась, мой баллон подхватило ураганом, и он помчался неведомо куда. Я летел целые сутки, пронёсся над пустыней и огромными горами и опустился в Волшебной стране, которую теперь называют страной Гудвина. Отовсюду сбежался народ и, видя, что я спускаюсь с неба, принял меня за Великого Волшебника. Я не разубеждал этих легковерных людей. Наоборот, я вспомнил роли царей и героев и сыграл роль волшебника довольно хорошо для первого раза (впрочем, там не было критиков!). Я объявил себя правителем страны, и жители подчинились мне с удовольствием. Они ожидали моей защиты от злых волшебниц, посещавших страну. Первым делом я построил Изумрудный город.

— Где вы достали столько зелёного мрамора? — спросила Элли.

— И изумрудов? — добавил Страшила.

— И столько всевозможных зелёных вещей? — спросил Железный Дровосек.

— Терпение, друзья мои! Вы скоро узнаете все мои тайны,— сказал Гудвин, улыбаясь.— В моём городе не больше зелёного, чем во всяком другом. Тут всё дело,— он таинственно понизил голос,— всё дело в зелёных очках, которых никогда не снимают мои подданные.

— Как? — вскричала Элли.— Значит, мрамор домов и мостовых...

— Белый, дитя моё!

— А изумруды? — спросил Страшила.

— Простое стекло, но хорошего сорта! — гордо добавил Гудвин.— Я не жалел расходов. И потом, изумруды на башнях города — настоящие. Ведь их видно издалека.

Элли и её друзья удивлялись всё больше и больше. Теперь девочка поняла, почему ленточка на шее Тотошки стала белой, когда они покинули Изумрудный город.

А Гудвин спокойно продолжал:

— Постройка Изумрудного города продолжалась несколько лет. Когда она кончилась, мы имели защиту от злых волшебниц. Я был в то время ещё молод. Мне пришло в голову, что если я буду близок к народу, то во мне разгадают обыкновенного человека. А тогда кончится моя власть. И я закрылся в тронном зале и прилегающих к нему комнатах. Я прекратил сношения со всем миром, не исключая и моих прислужников. Я завёл принадлежности, которые вы видели, и начал творить чудеса. Я присвоил себе торжественные имена — Великий и Ужасный. Через несколько лет народ забыл мой настоящий облик, и по стране пошли обо мне всевозможные слухи. А я этого и добивался и всячески старался поддерживать свою славу великого чародея. Вообще мне это удавалось, но бывали и промахи. Крупной неудачей был мой поход против Бастинды. Летучие Обезьяны разбили моё войско. К счастью, я успел бежать и избавился от плена. С тех пор я страшно боялся волшебниц. Достаточно было им узнать, кто я на самом деле, и мне пришёл бы конец: ведь я-то не волшебник! И как я обрадовался, когда узнал, что домик Элли раздавил Гингему! Я решил, что хорошо бы уничтожить власть и второй злой волшебницы. Вот почему я так настойчиво посылал вас против Бастинды. Но теперь, когда Элли растопила её, мне совестно признаться, что я не могу выполнить своих обещаний! — со вздохом кончил Гудвин.

— По-моему, вы плохой человек,— сказала Элли.

— О нет, дитя моё! Я не плохой человек, но очень плохой волшебник!

— Значит, я не получу от вас мозгов? — со стоном спросил Страшила.

— Зачем вам мозги? Судя по всему, что я о вас знаю, у вас соображение не хуже, чем у любого человека с мозгами,— польстил Гудвин Страшиле.

— Может быть, и так,— возразил Страшила,— а всё-таки без мозгов я буду несчастен.

Гудвин внимательно посмотрел на него.

— А вы знаете, что такое мозги? — спросил он.

— Нет! — признался Страшила.— Понятия не имею, как они выглядят.

— Хорошо! Приходите ко мне завтра, и я наполню вашу голову первосортными мозгами. Но вы сами должны научиться употреблять их.

— О, я научусь! — радостно вскричал Страшила.— Даю вам слово, что научусь! Эй-гей-гей-го! У меня скоро будут мозги! — приплясывая, запел счастливый Страшила.

Гудвин с улыбкой смотрел на него.

— А как насчёт смелости? — робко заикнулся Лев.

— Вы смелый зверь! — ответил Гудвин.— Вам недостаёт только веры в себя. И потом, всякое живое существо боится опасности, и смелость — в том, чтобы победить боязнь. Вы свою боязнь побеждать умеете...

— А вы дайте мне такую смелость,— упрямо перебил Лев,— чтобы я ничего не боялся.

— Хорошо,— с лукавой улыбкой сказал Гудвин.— Приходите завтра, и вы её получите.

— А она у вас кипит в горшке под золотой крышкой? — осведомился Страшила.

— Почти что так. Кто вам сказал? — удивился Гудвин.

— Фермер по дороге в Изумрудный город.

— Он хорошо осведомлён о моих делах,— коротко заметил Гудвин.

— А мне вы дадите сердце? — спросил Железный Дровосек.

— Сердце делает многих людей несчастными,— сказал Гудвин.— Не очень большое преимущество — иметь сердце.

— Об этом можно спорить,— решительно возразил Железный Дровосек.— Я все несчастья перенесу безропотно, если у меня будет сердце.

— Хорошо. Завтра у вас будет сердце. Всё-таки я столько лет был волшебником, что трудно было ничему не научиться.

— А как с возвращением в Канзас? — спросила Элли, и сердце её сильно забилось.

— Ах, дитя моё! Это очень трудная задача. Но дай мне несколько дней сроку, и, быть может, я сумею переправить тебя в Канзас...

— Вы сумеете, обязательно сумеете! — радостно вскрикнула Элли.— Ведь в волшебной книге Виллины сказано, что я вернусь домой, если помогу трём существам добиться исполнения их самых заветных желаний.

— Вероятно, так и будет,— согласился Гудвин и наставительно добавил: — Волшебным книгам надо верить. А теперь идите, друзья мои, и чувствуйте себя в моём дворце как дома. Мы будем видеться с вами каждый день. Но никому-никому-никому не открывайте, что я — Обманщик!

Друзья, довольные, покинули тронный зал Гудвина, а у Элли появилась твёрдая надежда, что Великий и Ужасный Обманщик вернёт её в Канзас.

— Терпение, друзья мои! Вы скоро узнаете все мои тайны,— сказал Гудвин, улыбаясь.

— Вы не рассердитесь, мой друг, если я сниму с вас голову? — спросил он.— Мне надо набить её мозгами.

Часть третья

ИСПОЛНЕНИЕ ЖЕЛАНИЙ

ЧУДЕСНОЕ ИСКУССТВО ВЕЛИКОГО ОБМАНЩИКА

Утром Страшила весело пошёл к Гудвину получать мозги.

— Друзья мои! — вскричал он.— Когда я вернусь, я буду точь-в-точь как все люди!

— Я люблю тебя и таким,— просто сказала девочка.

— Это очень хорошо. Но посмотришь, каков я буду, когда великие мысли закопошатся в моём новом мозгу!

Волшебник встретил Страшилу приветливо.

— Вы не рассердитесь, мой друг, если я сниму с вас голову? — спросил он.— Мне надо набить её мозгами.

— О, пожалуйста, не стесняйтесь! — весело ответил Страшила.— Снимите её и держите у себя сколько хотите. Я не почувствую себя хуже...

Гудвин снял голову Страшилы и заменил солому кульком, полным отрубей, смешанных с иголками и булавками. Затем поставил голову на место и поздравил Страшилу:

— Теперь вы умный человек — у вас новые мозги самого лучшего сорта.

Страшила горячо поблагодарил Гудвина и поспешил к друзьям. Элли смотрела на него с любопытством. Голова Страшилы раздулась, из неё торчали иголки и булавки.

— Как ты себя чувствуешь? — заботливо спросила Элли.

— Я начинаю чувствовать себя мудрым! — гордо ответил Страшила.— Только бы мне научиться пользоваться моими новыми мозгами, и я стану знаменитым человеком!

— А почему из твоих мозгов торчат иголки? — спросил Железный Дровосек.

— Это доказательство остроты его ума,— догадался Трусливый Лев.

Видя Страшилу таким довольным, Железный Дровосек с большей надеждой отправился к Гудвину.

— Мне придётся прорезать у вас дыру в груди, чтобы вставить сердце,— предупредил Гудвин.

— Я в вашем распоряжении,— ответил Железный Дровосек.— Режьте где угодно.

Гудвин пробил в груди Дровосека небольшое отверстие и показал ему красивое шёлковое сердце, набитое опилками.

— Нравится ли оно вам?

— Оно прелестно! Но доброе ли оно, это красивое сердце, и сможет ли любить?

— О, не беспокойтесь! — ответил Гудвин. — С этим сердцем вы будете самым чувствительным человеком на земле!

Сердце было вставлено, дыра запаяна, и Железный Дровосек, ликуя, поспешил к друзьям.

— О, как я счастлив, милые друзья мои! — громко заявил Дровосек.— Сердце бьётся в моей груди, как прежде. Даже сильнее, чем прежде! Я так и чувствую, как оно стучит о грудную клетку при каждом моём шаге! И знаете что? Оно гораздо нежнее того, которое было у меня прежде. Меня переполняют любовь и нежность!..

В тронный зал вошёл Лев.

— Я пришёл за смелостью,— робко молвил он, переминаясь с лапы на лапу.

— Одну минуточку! — сказал Гудвин. Он достал из шкафа бутылку и вылил содержимое в золотое блюдо.— Вы должны это выпить!

Запах не особенно понравился Льву.

— Что это? — недоверчиво спросил он.

— Это — смелость. Она всегда бывает внутри, и вам необходимо проглотить её.

Лев сделал гримасу, но выпил жидкость и даже вылизал тарелку.

— О, я уже становлюсь смелым! Храбрость заструилась по моим жилам и переполняет сердце! — заревел он в восторге.— Спасибо, о спасибо, Великий Волшебник! — И Лев помчался к друзьям...

Для Элли потянулись дни тоскливого ожидания. Видя, что три заветных желания её друзей исполнились, она горячее, чем прежде, стремилась в Канзас. Маленькая компания целыми днями вела разговоры.

Страшила уверял, что у него в голове бродят замечательные мысли; к сожалению, он не может открыть их, так как они понятны только ему одному.

Железный Дровосек рассказывал, как ему приятно чувствовать, что сердце бьётся у него в груди при ходьбе. Он был совершенно счастлив.

А Лев гордо заявил, что он готов сразиться с десятью саблезубыми тиграми,— так много у него смелости! Железный Дровосек даже опасался, не слишком ли большую порцию смелости поднёс Льву волшебник и не сделал ли он Льва безрассудным: ведь безрассудство ведёт к гибели.

Одна Элли молчала и печально вспоминала о Канзасе.

Наконец Гудвин призвал её:

— Ну, дитя моё, кажется, я додумался, как нам попасть в Канзас.

— И вы отправляетесь со мной? — изумилась Элли.

— Обязательно,— ответил бывший волшебник.— Мне, признаться, надоели затворничество и вечный страх быть разоблачённым. Лучше я вернусь в Канзас и поступлю работать в цирк.

— О, как я рада! — вскричала Элли и захлопала в ладоши.— Когда же в путь?

— Не так скоро, дитя моё! Я убедился, что из этой страны можно выбраться только по воздуху. Ведь и я на баллоне, и ты в домике — мы принесены сюда ураганом. Мой баллон цел — я хранил его все эти годы. На него лишь кое-где придётся наклеить заплаты. А лёгкий газ водород, которым наполняют шары, я добыть сумею.

Починка воздушного шара продолжалась несколько дней. Элли предупредила друзей о скорой разлуке, и все трое — Страшила, Дровосек и Лев — страшно опечалились.

Пришёл назначенный день. Гудвин объявил по городу, что отправляется навестить старого друга — Великого Волшебника Солнце, с которым не видался много лет. Дворцовая площадь наполнилась народом. Гудвин пустил в ход водородный аппарат, и шар стал быстро надуваться.

Когда баллон наполнился, к ужасу и восторгу толпы, Гудвин влез в корзину и обратился к народу:

— До свиданья, друзья мои!

Раздались крики «ура», и вверх полетели зелёные шапки.

— Мы много лет жили в мире и согласии, и мне больно расставаться с вами...— Гудвин вытер слезу, и в толпе послышались вздохи.— Но мой друг Солнце настоятельно зовёт меня, и я повинуюсь: ведь Солнце более могущественный волшебник, чем я! Вспоминайте обо мне, но не слишком грустите: грусть вредит пищеварению. Соблюдайте мои законы! Не снимайте очков: это принесёт вам великие бедствия! Вместо себя я назначаю вашим правителем достопочтенного господина Страшилу Мудрого!

Изумлённый Страшила вышел вперёд, опираясь на великолепную трость, и важно приподнял шляпу. Мелодичный звон бубенчиков привёл толпу в восторг: в Изумрудном городе не было обычая подвязывать бубенчики под шляпы. Толпа бурно приветствовала Страшилу и тут же поклялась в верности новому правителю.

Гудвин позвал Элли, нежно прощавшуюся с друзьями:

— Скорей в корзину! Шар готов к полёту!

Элли в последний раз поцеловала в морду большого грозного Льва. Лев был растроган: из глаз его капали крупные слёзы, и он забывал вытирать их кончиком хвоста. Потом Страшила и Железный Дровосек нежно пожимали Элли руки, а Тотошка прощался со Львом, уверяя, что он никогда не забудет своего большого друга и будет передавать от него привет всем львам, которых ему доведётся встретить в Канзасе.

Неожиданно налетел вихрь.

— Скорей! Скорей! — закричал встревоженный волшебник: он заметил, что рвущийся в небо шар до предела натянул верёвку и грозил вот-вот оборвать её.

И вдруг — трах! — верёвка лопнула, и баллон взвился вверх.

— Вернитесь! Вернитесь! — в отчаянии ломала руки Элли.— Возьмите меня в Канзас!

Но — увы! — воздушный шар не смог спуститься: ураган подхватил его и помчал с ужасной силой.

— Прощай, дитя моё! — слабо донёсся голос Гудвина, и шар скрылся среди быстро набежавших туч.

Жители Изумрудного города долго смотрели на небо, а потом разошлись по домам.

Назавтра случилось полное солнечное затмение. Граждане Изумрудного города решили, что это Гудвин затемнил Солнце, спускаясь на него.

По всей стране разнеслась молва, что бывший правитель Изумрудного города живёт на Солнце. Народ долго помнил о Гудвине, но не слишком горевал о нём: ведь у них был новый правитель — Страшила Мудрый, настолько умный, что ум не помещался у него в голове и выпирал наружу в виде иголок и булавок.

Жители Изумрудного города страшно возгордились:

— Нет в мире другого города, правитель которого был бы набит соломой!

Бедная Элли осталась в стране Гудвина. Рыдая, вернулась она во дворец. Ей казалось, что у неё уже нет надежды на возвращение в Канзас.

СНОВА В ПУТЬ!

Элли безутешно плакала, закрыв лицо руками. В комнате послышались тяжёлые шаги Железного Дровосека.

— Я побеспокоил тебя? — смущённо спросил Дровосек.— Я понимаю, что тебе не до меня, ты сама расстроена, но, видишь ли, мне хочется поплакать о Гудвине, а некому вытирать мои слёзы: Лев сам плачет на заднем дворе, а Страшила — правитель, и неудобно беспокоить его по пустякам...

— Бедняжка!..

Элли встала и, пока Дровосек плакал, старательно вытирала слёзы полотенцем. Когда же он кончил, то очень тщательно смазался маслом из драгоценной маслёнки, поднесённой ему Мигунами,— он всегда носил её у пояса.

Ночью Элли приснилось, что огромная птица несёт её высоко над канзасской степью и вдали уже виден родной дом. Девочка радостно закричала. Она пробудилась от собственного крика и не могла больше заснуть от разочарования.

Утром компания собралась в тронном зале поговорить о будущем. Новый правитель Изумрудного города торжественно восседал на мраморном троне; остальные почтительно стояли перед ним.

Сделавшись правителем, Страшила сразу осуществил свои давнишние мечты: он завёл себе зелёный бархатный костюм и новую шляпу, к полям которой приказал подшить серебряные бубенчики от старой шляпы; на ногах у него блестели ярко начищенные зелёные сапоги из самой лучшей кожи.

— Мы заживём припеваючи,— заявил новый правитель.— Нам принадлежит дворец и весь Изумрудный город. Как подумаю, что ещё недавно я пугал ворон в поле, а теперь стал правителем Изумрудного города, то, скажу по совести, мне нечего жаловаться на судьбу...

Тотошка сразу осадил несколько зазнавшегося Страшилу:

— А кого ты должен благодарить за всё это твоё благополучие?

— Элли, разумеется! — сконфузился Страшила.— Без неё я и теперь торчал бы на колу...

— И тебя растрепали бы бури и расклевали вороны,— добавил Дровосек.— Если бы не Элли, я и сам ржавел бы в диком лесу... Много-много сделала для нас Элли. Ведь я получил сердце, а это моя заветная мечта.

— Обо мне нечего и говорить! — молвил Лев.— Я теперь храбрее всех зверей на свете. Хотелось бы мне, чтобы на дворец напали людоеды или саблезубые тигры,— я бы с ними расправился!

— Если бы Элли осталась во дворце,— продолжал Страшила,— мы жили бы счастливо!

— Это невозможно,— возразила девочка.— Я хочу вернуться в Канзас, к папе с мамой.

— Как же это сделать? — спросил Железный Дровосек.— Страшила, ты умнее всех, пожалуйста, пусти в ход свои новые мозги!

Страшила стал думать так усердно, что иголки и булавки полезли из его головы.

— Надо вызвать Летучих Обезьян! — сказал он после долгого размышления.— Пусть они перенесут тебя на родину!

— Браво, браво! — закричала Элли.— Я совсем о них позабыла...

Она принесла Золотую Шапку, надела её и сказала волшебные слова. Через открытые окна в залу ворвалась стая Летучих Обезьян.

— Что тебе угодно, владетельница Золотой Шапки? — спросил предводитель.

— Перенесите нас с Тотошкой через горы и доставьте в Канзас.

Предводитель покачал головой.

— Канзас — за пределами страны Гудвина. Мы не можем лететь туда. Мне очень жаль, но ты истратила второе волшебство Шапки напрасно.

Он раскланялся, и стая с шумом унеслась.

Элли была в отчаянии. Страшила опять стал думать, и голова его раздулась от напряжения. Элли даже испугалась за него.

— Позвать Солдата! — приказал Страшила.

Дин Гиор со страхом вошёл в тронный зал, в котором никогда не бывал при Гудвине. У него спросили совета.

— Только Гудвин знал, как перебраться через горы,— сказал Солдат.— Но, я думаю, Элли поможет добрая волшебница Стелла из Розовой страны. Она могущественнее всех волшебниц этой страны: ей известен секрет вечной юности. Хотя дорога в её страну трудна, я всё же советую обратиться к Стелле.

Солдат почтительно поклонился правителю и вышел.

— Элли придётся отправиться в Розовую страну. Ведь если Элли останется здесь, во дворце, то она никогда не попадёт в Канзас. Изумрудный город — это не Канзас, а Канзас — не Изумрудный город,— изрёк Страшила.

Остальные молчали, подавленные мудростью его слов.

— Я пойду с Элли,— внезапно сказал Лев.— Мне надоел город. Я дикий зверь и соскучился по лесам. Да и надо защищать Элли во время путешествия.

— Правильно! — вскричал Железный Дровосек.— Пойду точить топор — он, кажется, затупился.

Элли радостно бросилась к Железному Дровосеку.

— Мы выступаем завтра утром! — сказал Страшила.

— Как? И ты идёшь?! — закричали все в изумлении.— А Изумрудный город?

— Подождёт моего возвращения! — хладнокровно возразил Страшила.— Без Элли я сидел бы на колу в пшеничном поле и пугал ворон. Без Элли я не получил бы своих замечательных мозгов. Без Элли я не стал бы правителем Изумрудного города. И если после всего этого я покинул бы Элли в беде, то вы, друзья мои, могли бы назвать Страшилу неблагодарным и были бы правы!

Новые мозги сделали Страшилу красноречивым!

Элли от всей души благодарила друзей.

— Завтра, завтра в поход! — весело закричала она.

— Эй-гей-гей-го! Завтра, завтра в поход! — запел Страшила и, боязливо оглянувшись, зажал себе рот:

он был правителем Изумрудного города и ронять своё достоинство ему не следовало!

Править городом до своего возвращения Страшила назначил Солдата. Дин Гиор тотчас уселся на трон и уверил Страшилу, что во время его отсутствия дела будут идти самым наилучшим образом, потому что он, Солдат, не оставит своего поста ни на минутку и даже есть и спать будет на троне. Таким образом, никто не сможет захватить власть, пока правитель будет путешествовать.

* * *

Рано утром Элли и её друзья пришли к городским воротам. Страж Ворот удивился, что они снова пускаются в дальнее и опасное путешествие.

— Вы наш правитель,— сказал он Страшиле,— и должны вернуться как можно скорее.

— Мне нужно отправить Элли в Канзас,— важно ответил Страшила.— Передайте моим подданным привет, и пусть они совершенно не беспокоятся обо мне: меня нельзя ранить, и я вернусь невредимым.

Элли дружески простилась со Стражем Ворот, снявшим со всех очки, и путешественники двинулись на юг. Погода была прекрасная, кругом расстилалась восхитительная страна, и все были в отличном настроении.

Элли верила, что Стелла вернёт её в Канзас; Тотошка вслух мечтал о том, как он разделается с хвастунишкой Гектором; Страшила и Железный Дровосек радовались, что помогают Элли; Лев наслаждался сознанием своей смелости, желал встретиться со зверями и доказать им, что он их царь.

Отойдя на далёкое расстояние, путники оглянулись в последний раз на башни Изумрудного города.

— А ведь Гудвин был не таким уж плохим волшебником,— сказал Железный Дровосек.

— Ещё бы! — согласился Страшила.— Сумел же он дать мне мозги! Да ещё какие острые мозги!

— Гудвину выпить бы немножко смелости, приготовленной им для меня, и он стал бы человеком хоть куда! — сказал Лев.

Элли молчала. Гудвин не выполнил обещания вернуть её в Канзас, но девочка не винила его. Он сделал всё, что мог, и не его вина, что замысел не удался. Ведь, как признавался и сам Гудвин, он вовсе не был волшебником.

НАВОДНЕНИЕ

Несколько дней путники шли прямо на юг. Фермы попадались всё реже и реже и, наконец, исчезли. Вокруг до самого горизонта тянулась степь. Даже дичи было мало в этих пустынных местах, и Льву приходилось долго рыскать по ночам в поисках добычи. Тотошка не мог сопровождать Льва в его продолжительных прогулках, но тот, возвращаясь, всегда приносил приятелю кусок мяса в зубах.

Путники не смущались трудностями и шли вперёд да вперёд.

Однажды в полдень их остановила широкая река с низкими берегами, покрытыми ивами. Все озадаченно посмотрели друг на друга.

— Будем делать плот? — спросил Железный Дровосек.

Страшила скорчил отчаянную гримасу: он не позабыл приключения с шестом по дороге в Изумрудный город.

— Уж лучше бы нас перенесли Летучие Обезьяны,— пробурчал он.— Если я опять застряну посреди реки, то спасать меня некому: здесь аистов нет.

Но Элли не согласилась. Она не хотела тратить

последнее волшебство Золотой Шапки, когда неизвестно, какие трудности ещё встретятся на пути и как их примет Стелла.

Железный Дровосек сделал к вечеру плот, и компания поплыла через реку. Страшила действовал шестом осторожно, держась подальше от борта. Зато Железный Дровосек работал изо всех сил. Река оказалась мелководной и тихой; путники благополучно переплыли её и вышли на плоский унылый берег.

— Какое скучное место! — заявил Лев, сморщив нос.

— И переночевать-то негде,— молвила Элли.— Идёмте вперёд.

Не прошли путники и тысячи шагов, как перед ними снова блеснула река. Они были на острове.

— Скверное дело! — сказал Страшила.— Очень скверное дело! Придётся вызвать Летучих Обезьян, пикапу́, трикапу́!

Но девочка, рассчитывая утром обогнуть остров на плоту, решила переночевать здесь, так как было уже поздно. Собрали сухой травы и устроили ей сносную постель. Поужинав, Элли легла спать под надёжной охраной друзей. Льву и Тотошке приходилось провести ночь с пустыми желудками, но они смирились с этим и заснули.

Страшила и Железный Дровосек стояли около спящих и смотрели на берег реки. Хотя один имел теперь мозги, а другой — сердце, всё же они никогда не уставали и не спали.

Сначала всё было спокойно. Но потом на горизонте блеснула зарница, за ней другая, третья... Железный Дровосек озабоченно покачал головой. В стране Гудвина грозы случались редко, зато достигали неимоверной силы. Грома ещё не было слышно. Восточный край неба быстро темнел: там громоздились клубы туч, всё чаще озаряемых молниями.

Страшила глядел на небо в недоумении.

— Что там такое? — бормотал он.— Не Гудвин ли зажигает спички?

Страшила за свою недолгую жизнь ещё не видал грозы.

— Будет сильный дождь! — сказал Железный Дровосек.

— Дождь? А что это такое? — в беспокойстве спросил Страшила.

— Вода, падающая с неба. Дождь вреден нам обоим: с тебя смоет краску, а я заржавею.

— Ай-яй-яй-яй! — замотал головой Страшила.— Давай разбудим Элли.

— Подождём немного,— сказал Железный Дровосек.— Мне не хочется её беспокоить: она устала сегодня. А гроза, может быть, пройдёт стороной.

Но гроза приближалась. Скоро тучи закрыли полнеба, заблистали молнии, и раскаты грома явственно донеслись до слуха дозорных.

— Что это там шумит? — в испуге спрашивал Страшила.

Но Железному Дровосеку некогда было объяснять.

— Плохо дело! — крикнул он и разбудил Элли.

— Что такое? Что случилось? — спросила девочка.

— Приближается страшная гроза! — закричал Железный Дровосек.

Лев тоже проснулся. Он сразу понял опасность.

— Скорее вызывай Летучих Обезьян, иначе мы погибли! — заревел он во всё горло.

Испуганная Элли, нетвёрдо держась на ногах, начала говорить волшебные слова:

— Бамбара́, чуфара́...

— У-ар-ра!..— яростно взвизгнул налетевший вихрь и сорвал Золотую Шапку с головы Элли.

Шапка взлетела, белой звёздочкой блеснула во мраке и исчезла. Элли зарыдала, но громовой раскат, раздавшийся над головами путников, заглушил её рыдания.

— Не плачь, Элли! — заревел ей в ухо Лев.— Помни, что я теперь храбрее всех зверей на свете!

— Помни, что у меня чудесные мозги, наполненные необычайными мыслями! — прокричал Страшила.

— Помни о моём сердце, которое не стерпит, чтобы тебя обидели! — добавил Железный Дровосек.

Три друга встали вокруг Элли, мужественно готовясь встретить натиск бури.

И буря грянула! Налетел ветер. Косой дождь больно хлестал Льва и Элли крупными каплями. Лев встал спиной к ветру, расставил лапы, выгнул спину. Под ним оказался уютный шалаш, куда забрались Элли и Тотошка, спасаясь от ливня.

Железный Дровосек взялся за маслёнку, но махнул рукой: спастись от ржавчины при таком ливне можно было только в бочке с маслом.

Страшила, насквозь промоченный дождём, сразу отяжелевший, имел самый жалкий вид.

Своими мягкими непослушными руками он защищал от дождя краску на лице.

— Так вот что такое дождь! — бормотал Страшила.— Когда порядочные люди хотят купаться, они лезут в воду и вовсе не нуждаются в том, чтобы кто-то невидимый поливал их сверху. Как только вернусь в Изумрудный город, объявлю закон, запрещающий дожди!

Гроза не переставала до утра. При первых лучах рассвета путники с ужасом увидели, как косматые волны вздувшейся реки заливают остров.

— Мы утонем! — закричал Страшила, прикрывая рукой полусмытые глаза.

— Держитесь крепче! — ответил Железный Дровосек, стараясь перекричать шум бури и плеск волн.— Держитесь за меня!

Он расставил ноги, врыв их в песчаную почву, и крепко опёрся о топор. В таком положении он был неколебим, как скала. Страшила, Элли и Лев вцепились в Железного Дровосека и застыли в ожидании.

И вот, крутясь, налетел первый вал и накрыл путников с головой. Когда он схлынул, среди воды стоял Дровосек, а остальные путники цеплялись за него с мужеством отчаяния. Железный Дровосек заржавел, и теперь никакая буря не сдвинула бы его с места. Но остальным приходилось плохо. Лёгкий Страшила весь был на поверхности воды, и волны бросали его во все стороны. Лев стоял на задних лапах, отплёвываясь от воды. Элли барахталась в волнах, охваченная ужасом.

Лев увидел, что девочка тонет.

— Садись на меня,— пропыхтел он,— поплывём на ту сторону реки! — И он опустился перед Элли на все четыре лапы.

Собрав последние силы, девочка вскарабкалась на спину Льва и судорожно вцепилась в мокрую косматую гриву. Тотошку она крепко держала левой рукой.

— Прощайте, друзья! — проревел Лев и, оттолкнувшись от Железного Дровосека, заработал лапами, мощно рассекая волны.

— ...щай!..— слабо донёсся отклик Страшилы, и Железный Дровосек исчез за пеленой дождя...

Лев плыл долго и упорно. Силы покидали его, но смелость играла в его сердце, и, гордый собой, он испустил грозный рёв. Этим торжествующим рёвом Лев хотел показать, что он готов погибнуть, но ни одна капля трусости не закрадётся в его смелое сердце.

Но что за чудо?

Из влажной мглы послышался ответный рёв Льва.

— Там земля! Туда! Туда!

С удесятерённой силой Лев бросился вперёд, и перед ним зачернел неведомый высокий берег. Ему отвечал не лев, а эхо!

Лев выбрался на землю, опустил окоченевшую Элли, обнял её передними лапами и стал согревать своим горячим дыханием.

Страшила держался за Железного Дровосека, пока намокшие руки ещё служили ему. Потом волны оторвали его от Дровосека и повлекли, качая, как щепку. Умная голова Страшилы с драгоценными мозгами оказалась тяжелее туловища. Мудрый правитель Изумрудного города плыл вниз головой, и вода смывала последнюю краску с его глаз, рта и ушей.

Железный Дровосек ещё виднелся среди волн, но поднимающаяся вода заливала его. Вот лишь воронка осталась над водой, потом скрылась и она. И неустрашимый добродушный Железный Дровосек весь исчез в разбушевавшейся реке.

* * *

Элли, Лев и Тотошка три дня ожидали на берегу спада воды. Погода была прекрасная, солнце ярко светило, и вода убывала быстро. На четвёртый день Лев поплыл к острову. Элли сидела на его спине с Тотошкой в руках.

Выйдя на остров, Элли увидела, что река покрыла его илом и тиной. Лев и девочка пошли в разные стороны, наудачу. И скоро впереди показалась бесформенная фигура, облепленная илом и опутанная водорослями. Нетрудно было узнать в этой фигуре Железного Дровосека. Лев примчался на зов Элли огромными прыжками и разбросал засохшую грязь и тину.

И вдруг — трах! — верёвка лопнула, и баллон взвился вверх.

— Вернитесь! Вернитесь! — в отчаянии ломала руки Элли.— Возьмите меня в Канзас!

Три друга встали вокруг Элли, мужественно готовясь встретить натиск бури.

И буря грянула! Налетел ветер. Косой дождь больно хлестал Льва и Элли крупными каплями.

Непобедимый Железный Дровосек стоял в той же позе, в которой остался посреди волн. Элли пучком травы тщательно оттёрла заржавевшие члены Дровосека, отвязала от его пояса маслёнку и смазала ему челюсти...

— Спасибо, милая Элли,— были первые его слова,— ты снова возвращаешь меня к жизни! Здравствуй, Лев, старый дружище! Как я рад тебя видеть!

Лев отвернулся: он плакал от радости и спешил вытереть слёзы кончиком хвоста.

Скоро все суставы Железного Дровосека пришли в действие, и он весело зашагал рядом с Элли, Тотошкой и Львом. Они искали плот. По дороге Тотошка бросился к кучке водорослей, принюхался и начал разрывать её лапами.

— Водяная крыса? — спросила Элли.

— Стану я беспокоиться из-за такой дряни,— с пренебрежением ответил Тотошка.— Нет, тут коечто получше!

Под водорослями что-то вдруг блеснуло, и, к великой радости Элли, показалась Золотая Шапка. Девочка нежно обняла пёсика и поцеловала его в мордочку, измазанную тиной, а Шапку спрятала в корзинку.

Путники нашли плот, крепко привязанный к шестам, вбитым в землю. Очистив плот от грязи и тины, они поплыли вниз по реке, огибая остров, на котором потерпели бедствие. Миновав длинную песчаную косу, путешественники попали в главное русло реки. На правом берегу виднелся кустарник, Элли попросила Железного Дровосека править туда: она увидела на кусте шляпу Страшилы.

— Ура! — закричали все четверо.

Скоро нашли и самого Страшилу, висевшего среди кустов в причудливой позе. Он был мокрый и растрёпанный и не отвечал на приветствия и расспросы товарищей: вода начисто смыла у него рот, глаза и уши. Не удалось найти только великолепную трость Страшилы — подарок Мигунов: очевидно, её унесло водой.

Друзья вытащили Страшилу на песчаный берег, вытрясли солому и разостлали на солнышке, развесили сушить костюм и шляпу. Голова сушилась вместе с отрубями: вытряхивать драгоценные мозги девочка побоялась.

Когда солома высохла, Страшилу набили, голову поставили на место, и Элли вытащила из-за пояса краски и кисть в непромокаемой жестяной коробочке, которыми она запаслась в Изумрудном городе.

Элли прежде всего нарисовала Страшиле правый глаз, и этот правый глаз дружески и очень нежно подмигнул ей. Потом появился второй глаз, а за ним уши, и Элли ещё не закончила рот, как весёлый Страшила уже пел, мешая девочке рисовать:

— Эй-гей-гей-го! Элли опять спасла меня! Эй-гей-гей-гей-го! Я снова-снова-снова с Элли!!

Он пел, приплясывая, и уже не боялся, что его увидит кто-нибудь из подданных: ведь это была совершенно пустынная страна.

ЛЕВ СТАНОВИТСЯ ЦАРЁМ ЗВЕРЕЙ

Отдохнув после пережитых бедствий, путешественники отправились дальше. За рекой местность стала веселее. Появились тенистые рощи и зелёные лужайки. Через два дня путники вошли в огромный лес.

— Какой очаровательный лес! — восхитился Лев.— Я не видел ещё таких прелестных дремучих лесов. Мой родной лес куда хуже.

— Уж очень здесь мрачно,— заметил Страшила.

— Ничуточки! — ответил Лев.— Смотрите, какой мягкий ковёр из сухих листьев под ногами! И какой густой и зелёный мох свешивается с деревьев! Я хотел бы остаться здесь навсегда!

— В этом лесу, наверное, есть дикие звери,— сказала Элли.

— Странно было бы, если бы такое прекрасное место не было населено,— ответил Лев.

Как бы в подтверждение этих слов из чащи донёсся глухой рёв множества зверей. Элли испугалась, но Лев успокоил её:

— Под моей охраной ты в безопасности. Разве ты забыла, что Гудвин дал мне смелость!

Утоптанная тропинка привела их на огромную поляну, где собрались тысячи зверей. Там были слоны, медведи, тигры, волки, лисицы и множество других животных. Ближайшие звери с любопытством уставились на Льва; по всей поляне разнёсся слух о его прибытии.

Шум и рёв стихли. Большой Тигр выступил вперёд и низко поклонился Льву:

— Приветствуем тебя, царь зверей! Ты пришёл вовремя, чтобы уничтожить нашего врага и принести мир животным этого леса.

— Кто ваш враг? — спросил Лев.

— В нашем лесу появился страшный зверь. С виду он походит на паука, но вдвое больше слона. Когда он шагает через лес, за ним остаётся широкий след от поваленных деревьев. И кто бы ему ни попался, он хватает передними лапами, тащит ко рту и высасывает кровь. Мы собрались обсудить, как нам избавиться от него.

Лев подумал.

— Есть львы в вашем лесу? — спросил он.

— К великому нашему несчастью, ни одного.

— Если я уничтожу вашего врага, признаете

ли вы меня своим царём и будете ли мне повиноваться?

— О, с удовольствием, с великим удовольствием! — дружно заревели все звери.

— Я иду на бой! — отважно заявил Лев.— Охраняйте моих друзей, пока я не вернусь. Где чудовище?

— Вон там,— показал Тигр.— Иди по тропинке, пока не дойдёшь до больших дубов. Там Паук переваривает пойманного утром быка.

Лев дошёл до логовища Паука, окружённого поваленными деревьями. Паук был куда противнее двенадцатиногого зверя, сделанного Гудвином, и Лев рассматривал врага с отвращением. К огромному туловищу Паука прикреплялись мощные лапы со страшными когтями. Зверь был очень силён на вид, но голова его сидела на тонкой длинной шее.

«Вот самое слабое место чудовища»,— подумал Лев. Он решил напасть на спящего Паука немедленно.

Изловчившись, Лев сделал длинный прыжок и упал прямо на спину зверя. Прежде чем Паук опомнился от сна, Лев ударом когтистой лапы перервал его тонкую шею и быстро отпрыгнул. Голова Паука покатилась прочь, а туловище зацарапало когтями землю и вскоре затихло.

Лев отправился обратно. Придя на поляну, где звери с нетерпением ожидали его возвращения, он гордо заявил:

— Отныне вы можете спать спокойно: страшное чудовище уничтожено!

Восторженный рёв был ему ответом. Звери торжественно поклялись в верности Льву, а он сказал:

— Я вернусь, как только отправлю Элли в Канзас, и буду править вами мудро и милостиво.

СТЕЛЛА, ВЕЧНО ЮНАЯ ВОЛШЕБНИЦА РОЗОВОЙ СТРАНЫ

Остальной путь через лес прошёл без приключений. Когда путешественники вышли из лесу, перед ними открылась крутая скалистая гора. Обойти её было нельзя — с обеих сторон дороги были глубокие овраги.

— Трудненько карабкаться на эту гору! — сказал Страшила.— Но гора — ведь это не ровное место, и, раз она стоит перед нами, значит, надо через неё перелезть!

И он полез вверх, плотно прижимаясь к скале и цепляясь за каждый выступ. Остальные двинулись за Страшилой.

Они поднялись довольно высоко, как вдруг грубый голос крикнул из-за скалы:

— Назад!

— Кто там? — спросил Страшила.

Из-за скалы показалась чья-то странная голова.

— Это гора наша, и никому не позволено переходить её.

— Но нам же нужно перейти,— вежливо возразил Страшила.— Мы идём в страну Стеллы, а другого пути здесь нет.

— Идёте, да не пройдёте!

На скалу с хохотом выскочил маленький толстый человечек с большой головой на короткой шее. Его толстые руки сжимались в огромные кулаки, которыми он угрожал путникам. Человечек не казался очень сильным, и Страшила смело полез кверху.

Но тут случилась удивительная вещь. Странный человечек ударил об землю ногами, подпрыгнул в воздух, как резиновый мяч, и слёту ударил Страшилу в грудь головой и сильными кулаками. Страшила, кувыркаясь, полетел к подножию горы, а человечек, ловко став на ноги, захохотал и крикнул:

— А-ля-ля! Вот как это делается у нас, Прыгунов!

И, точно по сигналу, из-за скал и бугров выскочили сотни Прыгунов — так называли их соседние народы.

— А-ля-ля! А-ля-ля! Попробуйте пройти! — грянул разноголосый хор.

Лев рассвирепел и стремительно бросился в атаку, грозно рыча и хлеща себя хвостом по бокам. Но несколько Прыгунов, взлетев в воздух, так ударили его своими плоскими головами и крепкими кулаками, что Лев покатился по склону горы, кувыркаясь и мяукая от боли, как самый простой кот. Он встал, сконфуженный, и, хромая, отошёл от подножия горы.

Железный Дровосек взмахнул топором, попробовал гибкость суставов и решительно полез вверх.

— Вернись, вернись! — закричала Элли и с плачем схватила его за руку.— Ты разобьёшься о скалы! Как мы будем тебя собирать в этой глухой стране?

Слёзы Элли мигом заставили Дровосека вернуться.

— Позовём Летучих Обезьян,— предложил Страшила.— Здесь без них никак не обойтись, пикапу́, трикапу́!

Элли вздохнула:

— Если Стелла встретит нас недружелюбно, мы будем беззащитны...

И тут вдруг заговорил Тотошка:

— Стыдно признаваться умному псу, но правду не скроешь: мы с тобой, Элли, ужасные глупцы!

— Почему? — удивилась Элли.

— А как же! Когда нас с тобой нёс предводитель Летучих Обезьян, он рассказал нам историю Золотой Шапки... Ведь Шапку-то можно передавать!

— Ну и что же? — всё ещё не понимала Элли.

— Когда ты истратишь последнее волшебство

Золотой Шапки, ты передашь её Страшиле, и у него опять будут три волшебства...

— Ура! Ура! — закричали все.— Тотошка, ты молодец, ты наш спаситель!

— Жаль, конечно,— скромно сказал пёсик,— что эта блестящая мысль не пришла мне в голову раньше. Мы тогда не пострадали бы от наводнения...

— Ничего не поделаешь,— сказала Элли.— Что прошло, того не воротишь...

— Позвольте, позвольте,— вмешался Страшила.— Это что же получается... Три, да три, да три...— Он долго считал по пальцам.— Выходит, что я, да Дровосек, да Лев, мы можем приказать Летучим Обезьянам ещё целых девять раз!

— А про меня ты позабыл? — обиженно сказал Тотошка.— Я ведь тоже могу быть владельцем Золотой Шапки!

— Я про тебя не позабыл,— со вздохом признался Страшила,— да я не умею считать дальше десяти...

— Это огромный недостаток для правителя,— серьёзно заметил Железный Дровосек,— и я займусь с тобой в свободное время.

Теперь Элли смело могла истратить своё последнее волшебство. Она говорила волшебные слова, а Страшила повторял их, приплясывая от радости и грозя кулаками воинственным Прыгунам.

В воздухе раздался шум, и стая Летучих Обезьян опустилась на землю.

— Что прикажете, владетельница Золотой Шапки? — спросил предводитель.

— Отнесите нас к дворцу Стеллы,— ответила Элли.

— Будет исполнено!

И путники мигом очутились в воздухе.

Пролетая над горой, Страшила делал чудовищные гримасы Прыгунам и отчаянно ругался. Прыгуны высоко подскакивали в воздух, но не могли достать Обезьян и бесновались от злости.

Гора, а за ней и вся страна Прыгунов быстро остались позади, и взору путников открылась живописная плодородная страна Болтунов, которой управляла добрая волшебница Стелла.

Болтуны были милые, приветливые люди и хорошие работники. У них был единственный недостаток — они страшно любили болтать. Даже находясь в одиночестве, они по целым часам говорили сами с собой. Могущественная Стелла никак не могла отучить их от болтовни. Однажды она сделала их немыми, но Болтуны быстро нашли выход из положения: они научились объясняться жестами и по целым дням толпились на улицах и площадях, размахивая руками. Стелла увидела, что даже ей не под силу переделать Болтунов, и вернула им голос.

Любимым цветом в стране Болтунов был розовый, как у Жевунов — голубой, у Мигунов — фиолетовый, а в Изумрудном городе — зелёный. Дома и изгороди были выкрашены в розовый цвет, а жители одевались в ярко-розовые платья.

Обезьяны опустили Элли с друзьями перед дворцом Стеллы. Караул у дворца несли три красивые девушки. Они с удивлением и страхом смотрели на появление Летучих Обезьян.

— Прощай, Элли! — дружески сказал предводитель Обезьян.— Сегодня ты вызывала нас в последний раз.

— Прощайте, прощайте! — закричала Элли.— Большое спасибо!

И Обезьяны улетели с шумом и смехом.

— Не слишком радуйтесь! — крикнул им вдогонку Страшила.— В следующий раз у вас будет новый повелитель, и от него вы не отделаетесь так просто!

— Можно ли видеть добрую волшебницу Стеллу? — с замиранием сердца спросила Элли девушек из караула.

— Скажите, кто вы такие и зачем сюда прибыли, и я доложу о вас,— ответила старшая.

Элли рассказала, и девушка отправилась с докладом, а остальные приступили к путникам с расспросами. Но они ещё не успели ничего узнать, как девушка вернулась:

— Стелла просит вас во дворец.

Элли умылась, Страшила почистился, Железный Дровосек смазал суставы и тщательно отполировал их тряпочкой с наждачным порошком, а Лев долго отряхивался, разбрасывая пыль. Их накормили сытным обедом, а затем провели в богато убранный розовый зал, где на троне сидела волшебница Стелла. Она показалась Элли очень красивой и доброй и удивительно юной, хотя вот уже много веков правила страной Болтунов. Стелла ласково улыбнулась вошедшим, усадила их в кресла и, обращаясь к Элли, молвила:

— Рассказывай свою историю, дитя моё!

Элли начала длинный рассказ. Стелла и её приближённые слушали с большим интересом и сочувствием.

— Чего же ты хочешь от меня, дитя моё? — спросила Стелла, когда Элли окончила.

— Верните меня в Канзас, к папе и маме. Когда я думаю о том, как они горюют обо мне, у меня сердце сжимается от боли и жалости...

— Но ведь ты рассказывала, что Канзас — скучная и серая пыльная степь. А посмотри, как красиво у нас!

— И всё же я люблю Канзас больше вашей великолепной страны! — горячо отвечала Элли.— Канзас — моя родина.

— Твоё желание исполнится. Но ты должна отдать мне Золотую Шапку.

— О, с удовольствием, сударыня! Правда, я собиралась передать её Страшиле, но уверена, что вы распорядитесь ею лучше, чем он.

— Я распоряжусь так, чтобы волшебства Золотой Шапки пошли на пользу твоим друзьям,— сказала Стелла и обратилась к Страшиле: — Что вы думаете делать, когда Элли покинет нас?

— Я хотел бы вернуться в Изумрудный город,— с достоинством ответил Страшила.— Гудвин назначил меня правителем Изумрудного города, а правитель должен жить в том городе, которым он правит. Ведь не могу же я управлять Изумрудным городом, если останусь в Розовой стране! Но меня смущает обратный путь через страну Прыгунов и через Большую реку, где я тонул.

— Получив Золотую Шапку, я вызову Летучих Обезьян, и они отнесут вас в Изумрудный город. Нельзя лишать народ такого удивительного правителя.

— Так это правда, что я удивительный? — просияв, спросил Страшила.

— Больше того, вы единственный! И я хочу, чтобы вы стали моим другом.

Страшила с восхищением поклонился доброй волшебнице.

— А вы чего хотите? — обратилась Стелла к Железному Дровосеку.

— Когда Элли покинет эту страну,— печально начал Дровосек,— я буду очень грустить. Но я хотел бы попасть в страну Мигунов, избравших меня правителем. Я привезу в Фиолетовый дворец свою невесту, которая — я уверен — ждёт меня, и буду править Мигунами, которых очень люблю.

— Второе волшебство Золотой Шапки заставит Летучих Обезьян перенести вас в страну Мигунов.

У вас нет таких замечательных мозгов, как у вашего товарища Страшилы Мудрого, но вы имеете любящее сердце, у вас такой блестящий вид, и я уверена, что вы будете прекрасным правителем для Мигунов. Позвольте и вас считать своим другом.

Железный Дровосек медленно склонился перед Стеллой.

Потом волшебница обратилась ко Льву:

— Теперь вы скажите о ваших желаниях.

— За страной Прыгунов лежит чудесный дремучий лес. Звери этого леса признали меня своим царём. Поэтому я очень хотел бы вернуться туда и провести там остаток своих дней.

— Третье волшебство Золотой Шапки перенесёт Смелого Льва к его зверям, которые, конечно, будут счастливы, имея такого царя. И я также рассчитываю на вашу дружбу.

Лев важно подал Стелле большую сильную лапу, и волшебница дружески пожала её.

— Потом,— сказала Стелла,— когда исполнятся три последних волшебства Золотой Шапки, я верну её Летучим Обезьянам, чтобы никто больше не мог беспокоить их выполнением своих желаний, часто бессмысленных и жестоких...

Все согласились с тем, что лучше распорядиться Шапкой невозможно, и прославили мудрость и доброту Стеллы.

— Но как же вы вернёте меня в Канзас, сударыня? — спросила девочка.

— Серебряные башмачки перенесут тебя через леса и горы,— ответила волшебница.— Если бы ты знала их чудесную силу, ты вернулась бы домой в тот же день, когда твой домик раздавил злую Гингему.

— Но ведь тогда я не получил бы моих удивительных мозгов! — воскликнул Страшила.— Я до сих пор пугал бы ворон на фермерском поле!

— А я не получил бы моего любящего сердца,— сказал Железный Дровосек.— Я стоял бы в лесу и ржавел, пока не рассыпался бы в прах!

— А я до сих пор оставался бы трусом,— проревел Лев,— и, конечно, не сделался бы царём зверей!

— Всё это правда,— ответила Элли,— и я ничуть не жалею, что мне так долго пришлось прожить в стране Гудвина. Я только слабая, маленькая девочка, но я любила вас и всегда старалась помочь вам, мои милые друзья! Теперь же, когда исполнились наши заветные желания, я должна вернуться домой, как было написано в волшебной книге Виллины.

— Нам больно и грустно расставаться с тобой, Элли,— сказали Страшила, Дровосек и Лев,— но мы благословляем ту минуту, когда ураган забросил тебя в Волшебную страну. Ты научила нас самому дорогому и самому лучшему, что есть на свете,— дружбе!..

Стелла улыбнулась девочке. Элли обняла за шею большого Смелого Льва и нежно перебирала его густую косматую гриву. Она целовала Железного Дровосека, и тот горько плакал, забыв о своих челюстях. Она гладила мягкое, набитое соломой тело Страшилы и целовала его милое, добродушное разрисованное лицо...

— Серебряные башмачки обладают многими чудесными свойствами,— сказала Стелла,— но самое удивительное их свойство в том, что они за три шага перенесут тебя хоть на край света. Надо только стукнуть каблуком о каблук и назвать место...

— Так пусть же они перенесут меня сейчас в Канзас!..

Но когда Элли подумала, что она навсегда расстаётся со своими верными друзьями, с которыми ей так много пришлось пережить вместе, которых она столько раз спасала и которые, в свою очередь, самоотверженно спасали её самоё, сердце её сжалось от горя, и она громко зарыдала.

Стелла сошла с трона, нежно обняла Элли и поцеловала её на прощание.

— Пора, дитя моё! — ласково сказала она.— Расставаться тяжело, но час свидания сладок. Вспомни, что сейчас ты будешь дома и обнимешь своих родителей. Прощай, не забывай нас!

— Прощай, прощай, Элли! — воскликнули друзья.

Элли схватила Тотошку, стукнула каблуком о каблук и крикнула башмачкам:

— Несите меня в Канзас, к папе и маме!

Неистовый вихрь закружил Элли, всё слилось перед её глазами, солнце заискрилось на небе огненной дугой, и, прежде чем девочка успела испугаться, она опустилась на землю так внезапно, что перевернулась несколько раз и выпустила Тотошку из рук...

ЗАКЛЮЧЕНИЕ

Когда Элли опомнилась, она увидела невдалеке новый домик, поставленный её отцом вместо фургона, унесённого ураганом.

Мать в изумлении смотрела на неё с крыльца, а со скотного двора бежал отец, отчаянно размахивая руками.

Элли бросилась к ним и заметила, что она в одних чулках: волшебные башмачки потерялись во время последнего, третьего, шага девочки. Но Элли не пожалела о них: ведь в Канзасе нет места чудесному. Она очутилась на руках у матери, и та осыпала поцелуями и обливала слезами личико Элли.

— Уж не с неба ли ты вернулась к нам, моя крошка?

— О, я была в Волшебной стране Гудвина,— просто ответила девочка.— Но я всё время думала о вас... и... ездил ли ты, папочка, на ярмарку?

— Ну что ты, Элли,— ответил тот со смехом и слезами.— До ярмарки ли нам тут было, когда мы считали тебя погибшей и горевали!

Несколько дней прошло в беспрерывных рассказах Элли об удивительной стране Гудвина и о верных друзьях — Мудром Страшиле, Добром Дровосеке, Смелом Льве. Тотошка присутствовал при этих рассказах. Он не мог подтвердить их справедливость, так как, вернувшись в Канзас, потерял дар речи.

Излишне говорить, что бой с соседским Гектором произошёл в первый же вечер после возвращения Тотошки из Волшебной страны. Битва окончилась вничью, и противники почувствовали такое сильное уважение друг к другу, что стали неразлучными друзьями и с тех пор делали набеги на окрестных собак только вместе.

Фермер Джон поехал в соседний городок на ярмарку и повёл девочку в цирк. Там Элли неожиданно встретила Джемса Гудвина, и взаимной радости не было конца.

ОГЛАВЛЕНИЕ

Серия «Школьная библиотека»

Волков Александр Мелентьевич

ВОЛШЕБНИК ИЗУМРУДНОГО ГОРОДА

Книжное литературно-художественное издание
для детей среднего школьного возраста

Художник
Горбушин Олег Юрьевич

Главный редактор А. Алир
Технический редактор М.В. Юдаева
Компьютерная вёрстка С.А. Баварова
Корректор С.П. Мосейчук
Ответственный за выпуск И.Н. Полякова

Подписано в печать 21.02.2019.
Формат 60x90 1/16. Бумага офсетная.
Печать офсетная. Усл.п.л. 9.
Гарнитура «Школьная».
Тираж 20000 экз. Заказ № 2822.
ООО «Самовар-книги»
125047, Москва, ул. Александра Невского, д.1.
Информация о книгах на сайте www.knigi.ru
Оптовая продажа: ООО «Атберг 98»
(495) 925-51-39 www.atberg.aha.ru
Интернет-магазин: www.books-land.ru

Отпечатано в филиале «Тверской полиграфический комбинат
детской литературы» ОАО «Издательство «Высшая школа».
Российская Федерация, 170040, Тверь, проспект 50 лет Октября, 46.
Тел.: +7(4822)44-85-98. Факс: +7(4822)44-61-51.

6+

Артикул К-ШБ-18
ISBN 978-5-9781-0896-5
Сделано в России

В серии «ШКОЛЬНАЯ БИБЛИОТЕКА» вышли книги:

Т.Александрова	«Домовёнок Кузька»
П.Бажов	«Уральские сказы»
В.Бианки	«Рассказы Бианки»
К.Булычёв	«Девочка с Земли»
	«День рождения Алисы»
Е.Велтистов	«Приключения Электроника»
А.Волков	«Волшебник Изумрудного города»
	«Урфин Джюс и его деревянные солдаты»
	«Семь подземных королей»
	«Огненный бог Марранов»
	«Жёлтый туман»
	«Тайна заброшенного замка»
А.Гайдар	«Тимур и его команда»
О.Генри	«Вождь Краснокожих»
Л.Гераскина	«В Стране невыученных уроков»
	«В Стране невыученных уроков-2»
	«Мягкий характер»
Н.Гоголь	«Вечера на хуторе близ Диканьки»
В.Голявкин	«Вот что интересно!»
В.Губарев	«Королевство кривых зеркал»
Д.Дефо	«Робинзон Крузо»
В.Драгунский	«Где это видано, где это слыхано...»
	«Денискины рассказы»
Б.Житков	«Рассказы»
В.Катаев	«Сын полка»
Ю.Коваль	«Алый» и другие рассказы»
	«Приключения Васи Куролесова»
	«Куролесов и Матрос подключаются»
А.Конан Дойл	«Рассказы о Шерлоке Холмсе»
И.Крылов	«Басни Крылова»
Л.Кэрролл	«Алиса в Стране Чудес»
Т.Крюкова	«Женька Москвичёв и его друзья»
Л.Лагин	«Старик Хоттабыч»
М.Лермонтов	«Герой нашего времени»
Д.Лондон	«Белый Клык»
В.Медведев	«Баранкин, будь человеком!»
С.Михалков	«Праздник непослушания»
Н.Носов	«Витя Малеев в школе и дома»
	«Мишкина каша», «Фантазёры»